講談社文庫

イヤミス短篇集

真梨幸子

講談社

目次

イヤミス短篇集

一九九九年の同窓会

その人物に会ったのは、一九九九年の七月のことである。

一九九九年七月と聞いて、「ノストラダムスの大予言」を思い出す人は、僕とそう年代が変わらないか、はたまた相当なオカルト好きだと推測する。

一九九九年七の月、恐怖の大王が降ってきて人類は滅亡する。

このフレーズが世間を震撼《しんかん》させたのは一九七四年、年号でいえば昭和四十九年頃である。手元の資料では、発信源となった五島勉《ごとうべん》著の『ノストラダムスの大予言』が発売されたのが一九七三年十一月ということだが、僕たちが通う小学校にまで「ノストラダムス」という言葉が浸透するには若干《じゃっかん》の時間が必要で、「ねえねえ、一九九九年に人類はメツボウするんだって」と校庭で囁《ささや》かれはじめたのは、翌年の夏頃だと記憶している。

僕は、小学校四年生であった。

当時、僕は、横浜市のT区というところに住んでいた。その年に、父親の身に起きた重大な事件によって僕は転校を余儀《よぎ》なくされ、それまで住んでいた川崎市から横浜市に移り住んでいた。「転校」という、人生において大きな試練を僕がどうやって乗り越えたのかは今となってはよく覚えていないが、僕は、特に大きな面倒を抱えることなく、無事に新しい環境に溶け込んでいた。とはいえ、プライベートでは大面倒と対峙《たいじ》していたのだが、それは、また別の機会に触れることとする。

僕の個人年表を描くとするならば、この小学校四年生の一年間ほど大きな欄を要する年はないであろう。ピンクのマーカーで塗りつぶして強調するまでもなく、その存在感はかなりのものだ。イベントのみを抽出すれば特筆すべきは二、三点に過ぎないのだが、その記憶の多様性といったら、どの年よりも突出している。また、後になって、「あのときのあれはなんだったのだろう」とか「あのとき、ああしておけば」などと思い出すとき、それらは決まって、小学校四年生のあの年なのだ。

たとえば、僕はゴールデンアップルという清涼飲料水が好きだった。ゴールデン、と聞くだけで、喉《のど》を鳴らしながらゴールデンアップルを飲み干している自身の姿を思い出す。それは、小学校四年生の僕の姿だ。自画自賛ではないが、その姿は、傍《はた》から見ればうっとりするぐらいの美少年だ。自分のことを「美少年」と呼ぶほどイタいことはなく、実際、現在の僕からは「美少年」という言葉のかけらも見出すことはできないのだが、しかし、この年は、奇跡的に僕は「美少年」だったのだ。アルバムを見れば、その奇跡が突然起こったものだということがよく分かると思う。

その前年、まだ川崎市に住んでいた頃は、僕は、「田舎《いなか》っぺ」だの「豚」だの、散々なあだ名が付けられていたものだ。写真を見ても、無駄にまるまると太った、可愛げのない、仏頂面ばかりだ。見るからにどん臭い鬱陶《うっとう》しい面構《つらがま》え。容姿に関して容赦のない餓鬼《がき》どもにとっては、まさに格好のいじめの対象である。それでも、動作が機敏であるとか愛嬌《あいきょう》があるとか話術に長《た》けているとかコミュニケーション能力がずば抜けているとか、そういったものをひとつでも持っていればいじめの対象からは外されていたかもしれないが、機敏からも愛嬌からも話術からもコミュニケーション能力からも見放されていた僕は、そこにいるだけで不快指数がどんと跳ね上がるようなじめっとしたキモい男子だったのである。僕だって、そんな子供が近くにいたら、あまり深入りしたくない。遠巻きに苦笑いするのがせいぜいだろう。

ゴールデンアップルの話である。

僕が記憶しているゴールデンアップルは、僕が小学校四年生の一九七四年頃、新発売されている。日本コカ・コーラ社から出ているファンタシリーズのひとつである。それまでファンタといえばグレープとオレンジで、どちらも嫌いではなかったが、だからといって大好物だったわけでもない。が、「ゴールデンアップル」だけは、僕の嗜好《しこう》をみごとに捉《とら》えたのである。グレープほど渋くはなく、オレンジほど酸味はなく、まさに、理想的な「リンゴ」の味。同時期に「ファンタアップル」というのも発売されているのだが、それは僕の理想には及ばず、数回は飲んだであろうが、今となっては味すら思い出せない。「ゴールデンアップル」の味ならば、いつでもどこでも今すぐにでも、再生可能であるのだが。

しかし、どうやら世間では、「ゴールデンアップル」は、存在していないということになっている。それを知ったのが、まさに一九九九年なのである。僕がインターネットを導入した年でもある。当時はまだ定額制ではなく、利用時間ごとに電話料金が跳ね上がったものだ。それは家計を著《いちじる》しく圧迫していたのだがそれでもやめることができず、「もうやめよう、もう回線を切ろう」と呻《うめ》きながらネットサーフィンに興じていた僕は、なにかの拍子に「ゴールデンアップル」について語り合っている掲示板にたどりついた。

「ゴールデンアップル、懐かしい。大好きだった」と思ったのもつかのま、なにやら、様子がおかしい。「ゴールデンアップルなどなかった」派と「ゴールデンアップルは確かにあった」派が、激しく論争しているのだ。はじめ、なにかのフェイクだと思った。当時、フェイクサイトが目白押しで、なんの疑いもなく信じていたサイトが実はすべて嘘っぱち、などというのを何回も経験し、いくたびの脱力と混乱の末に、なにか違和感があると「これは嘘か事実か？」と疑ってかかる癖がついていたものだから、このゴールデンアップル論争も、ヤラセだと思った。

しかし、それは、リアルな「論争」であった。

なぜ、このような論争が？　ゴールデンアップル、確かに僕は飲んだ。確かに存在していたのに、なんで「存在しない」なんて主張する人がいるんだ？　そうだ。写真があるはずだ。ゴールデンアップルを飲んでいるときに写した写真が。

しかし、なかった。

後に僕は、このときの戸惑《とまど》いをネタに、一編の小説を書きあげた。その小説は、「ゴールデンアップル伝説」を引き合いに出して、ちょっとした記憶違いのせいでまったく違う記憶が再構築されてしまう……というような内容で、つまり、「ゴールデンアップル」は存在していなかった、という立ち位置から書いた小説である。僕の二作目の小説だ。

そう。一九九九年当時、僕は小説家になっていた。デビューは、一九九九年の三月。小学校四年生の頃からは到底想像もできない展開である。軽い気持ちで投稿した小説がQ新人賞に入選し、あれよあれよという間のデビュー。書店に平積みされた自作の本を見ても実感が湧かず、おろおろとするばかり。一番の戸惑いは、突然、懐かしい人物から次々と便りがきたことだ。僕が受賞した新人賞は歴史が古く、全国紙にも紹介されたものだから、その翌日から連絡がひっきりなしだった。連絡をくれた人はおおよそ十五名。覚えている人もいれば、まったく失念している人もいた。明らかに怪しい電話もあった。当時、僕は迂闊《うかつ》にも、電話帳《タウンページ》に自身の電話番号を載せていたのだが、これがいけなかった。

「わたしです、わたし」

その電話は、一九九九年の六月の終わりにかかってきた。深夜のことである。二作目の長編がなかなか進んでいなかった僕は、少々苛《いら》ついていた。

「どちらさま?」つっけんどんに答えると、相手は一瞬、言いよどんだ。

「あ。……ごめんなさい」

女の声だった。その調子は若い印象を与えた。少なくとも、酒焼けしている海千山千のおばちゃんではない。

自慢じゃないが、僕は若い女性にはあまり縁はない。当時、僕は三十五歳だったが、見た目がアレなのと性格がアレなのが災いして、彼女いない歴十年を突破していた。勤めていた職場も女っけは皆無で、事務のおばちゃんが時々、「飴《あめ》ちゃん、どう？」と話しかけてくれるぐらいだった。

しかし、小説家デビューを果たしてからは、若い女性何人かと接触する機会も増えた。なにしろ、僕を担当していた編集者が二十代の女性だったし、受賞パーティーで僕に名刺を差し出した何人かは、若い女性だった。そのほとんどが銀座のホステスだったのだが。

あ、もしかして、そのときの一人だろうか。僕は、今度は声の調子を和《やわ》らげて訊いてみた。

「どちらさまでしょうか？」

「あ。……わたしです」

女は、弱々しい声で言った。まるで耳元で囁かれているような気分になって、僕の背中がピクッと唸《うな》る。そして僕の記憶の深いところに、ピリッと電気が走った。

「……覚えてないでしょうか。わたしです」

え？　誰？　ちょっと待って。その声、その話しかた。……僕の記憶がぴっぴっぴっと小さく点滅をはじめる。

「小学校の頃に、同じクラスだった――」

クラスメイト？

「はい。小学校四年生の――」

小学校四年生と聞いて、僕の頭にいろいろな映像が飛び交った。転校という大イベントを経験した僕にとって、小学校四年生というのは特別なのだ。でも、どちらだろうか。それまでいたY小学校？　それとも、転校先のD小学校？　そこまで考えたときに、僕の頭の中に一人の美少女が浮かんだ。

ムトウ　レイナ。

ああ、なんていうことだろう。今の今までどうして忘れていたのだろう。あの頃は、一日中レイナちゃんのことを考えていたのに。転校生の僕にいろいろと話しかけてくれたレイナちゃん。学級委員だった彼女にとっては、それは義務の一環だったのかもしれないが、僕がどれほど勇気づけられたことか。どれほど励まされたことか。そんな親切が僕の青い目覚めを促したのは当然のことで、僕は、レイナちゃんの気を引くために、レイナちゃんが好きだったフィンガー5の切り抜きをちょくちょく貢《みつ》いだものだ。姉が定期購読していた平凡と明星から切り抜いたものだが、そのお陰で、姉の逆鱗《げきりん》に触れて殺されそうになったのは一回や二回じゃない。

どんどん思い出してきた。レイナちゃんは児童劇団に所属していて、ドラマやＣＭに時々出演していた。バレエも習っていて、発表会にも招待されて見に行ったものだ。もちろん、招待されたのはクラス全員だが。レイナちゃんとは五年生のときも同じクラスになったが、しかし、進級したとたん僕は、親の事情でまたまた転校するハメになり、レイナちゃんのその後は知らない。中学校の頃、アイドルデビューしたと風の便りに聞いたが、テレビでその姿に再会することはなかったので、メジャーになる前に芸能界からは身を引いたのかもしれない。

「レイナ……ちゃん？」

僕は、電話の相手に向かって、恐る恐るその名前を出してみた。

「え？　……ええ、そうよ。レイナよ。レイナ」

マジかよ！　僕の頭に大量の記憶が次々と再生され、その情報量に僕は軽くよろめいた。ちょっとした呼吸困難にも陥《おちい》り、はぁはぁと、なんとも不埒《ふらち》な息遣いが受話器に向かって吐き出される。これでは、まったくの変態だ。落ち着け、落ち着くんだ、自分！　しかし、そう念じれば念じるほどに、心臓の鼓動は痛いほどに激しくなり、肋骨《ろっこつ》に突き刺さる勢いだった。

ああ、僕は、心底レイナちゃんのことが好きだったんだと、改めて思い出す。レイナちゃんと話すきっかけを作ることばかり考えていたあの頃。レイナちゃんのシャンプーの香りを追いかけていたあの頃。甘酸っぱい初恋。

「ね、覚えている？」

レイナちゃんが、探るように、でも少し甘えるような感じで聞いてきた。

「なにを？」僕は、乱れた呼吸を懸命に抑えながら、平静を装《よそお》って返した。

「一九九九年」

「え？」

「一九九九年、人類が滅亡する前に、会おうって約束したこと」

「え？」

……そんな約束しただろうか？　もししたならば、忘れているはずがない。なにしろ、相手はレイナちゃんだ。

「忘れちゃった？」

「まさか！」

僕はほぼ叫んでいた。「まさか！　忘れるはずないさ」

「まさか、それ、本気にしてんのか？」

翌日、レイナちゃんのことを話すと、タカダは小馬鹿にした調子で、半笑いを浮かべた。

＊

タカダはY小学校の頃の同級生で、四年生の一学期を共に過ごした旧友だ。なぜ一学期かといえば、その夏休みに転校が決まり、僕はまるで夜逃げのようにみんなの前から姿を消したからだ。……実際、夜逃げだったのだが。父親が経営していた小さな工場が倒産し、債権者から逃れるために、僕たち一家は引越しを余儀なくされた。川崎から横浜だなんて、夜逃げにしては近場すぎる気もするが、「灯台下暗しというじゃないか」という意味不明な言い訳が父親の当時の口癖だった。

引越しが決まったのは本当に突然だった。夏休みに入って一週間も経たないある日、夏だというのに真っ青な顔色の母親が、姉と僕を前に座らせて言った。「今夜、引越しするから。身の回りの整理をしなさい」

もちろん、僕は抵抗した。大人の事情だかなんだか知らないが、こんな横暴なことってあるだろうか。明日は、タカダと約束しているんだ。UFOを呼び出すために、学校の裏山に行くって約束したんだ！　姉も抵抗した。今夜は西城秀樹の番組がある。引越しは、せめてそれを観てからにしてくれ。しかし、僕たちの主張はみごとに踏みにじられ、その日の夜の七時、僕たちはトラックに詰め込まれた。

タカダとはそれっきりだった。川崎の友人知人には連絡を取らないこと、という父親の厳命が下っていたので、僕は手紙も出すことができなかった。きっと、タカダは僕のことを軽蔑しているに違いない。きっと、タカダは――。

そのときの苦い夏休みを描いたのが僕のデビュー作であり、Q新人賞の受賞作である。その小説を読んだのか、タカダはすぐに僕に連絡してきた。それが、二ヵ月前。

僕とタカダは、二十五年の空白を埋めるように、週に一回の割合で会っている。

その日も同窓会の打ち合わせで、タカダが指定した川崎駅近くの焼肉屋で落ち合った。僕が今住んでいる街からは一時間半ほどかかるが、僕にとってはかつての故郷。一時間半だなんて、へでもない。

「レイナちゃん、……怪しいと思う？」

僕が言うと、タカダは「誰が聞いても、怪しいと思うよ、それ」と、またまた半笑いを浮かべた。

僕も、よくよく考えるとなんか変だな、と思いはじめていた。

「だいいち、その女、自分から名乗ったか？」

え？　……あ、そういえば。〝レイナ〟という名前を最初に出したのは、自分だ。

「だろう？　それに、お前のことだから、自分からレイナちゃんの情報や自分の情報をベラベラとしゃべっちゃったんじゃないの？」

………。まったくその通りだった。舞い上がった僕は、訊かれもしないことまでしゃべってしまった。

「女は、お前から引き出した情報をうまく利用して、話を合わせていただけだろう？　詐欺師の基本的なやり口だよ」

詐欺師？　……母も同じことを言っていた。その朝、電話をかけてきた母にレイナちゃんのことを話すと、「まったく、あんたは本当にお父さんにそっくりね。女に弱いのよ。お父さんも、変な女にひっかかって、工場を潰すことになったのよ」と、呆《あき》れられた。そんなことより、変な女にひっかかった？　はじめて聞く話だ。「どういうこと？」と訊き返すと、母ははっと言葉を濁《にご》し、「まあ、今度ゆっくりと」と、電話を切ってしまった。

「で、そのレイナと名乗る女は、なにかお前に要求してきたの？」

タカダの問いに、僕は、ゆっくりと首を横に振った。今のところ、金などは要求されていない。

「ただ、来月、会おうって」

「来月って、七月？」

「うん。一九九九年の七月。人類が滅亡する前にって」

「なに、それ」

「だから、ノストラダムスの大予言だよ」

タカダの半笑いがいよいよ深くなった。

「ノストラダムスだぁ？」タカダは半笑いをとうとう崩し、腹を抱えてカッカッカッカッと大笑いをはじめた。「ノストラダムスって、お前、信じているのか？」

「いや……、今となっては眉唾《まゆつば》だけど、当時は真剣に信じていたさ」

「で、一九九九年の七月、人類が滅亡する前に、レイナちゃんと会う約束をしたって？」

「いや、それは、あんまり覚えてないんだよね」

「だから、それは詐欺師の手口なんだって。なんだかんだお前に会う口実を作って、いろいろと既成事実を作って、金を巻き上げるんだよ」

「既成事実って？」

「デート商法って知ってるか？　恋人未満の状態でデートを繰り返して、いろいろと高価なものを相手に買わせる。もともとは宝石販売員の手口なんだけどね、それを応用したキャッチセールスが年々増えているんだよ」

タカダはこういうことに関しては、本当に詳しい。なんでもタカダは、今は警察関係の仕事をしているらしい。

「レイナなんていう女の電話は、スルーしろよ。それ、間違いなく、詐欺だから」

「う……ん」

「なんだよ、お前、レイナちゃんを信じたいって顔しているな。これを機に、彼女ができればいいとか考えてないか？　甘いロマンスを期待してんだろう？」

図星すぎて、僕は唇を震わせた。誤魔化すために、ビールを一気に飲み干す。

「ロマンスなんて、これからいやっていうほど転がり込んでくるさ。なにしろ、お前は小説家様なんだからな」カッカッカッと、タカダはまた高笑いした。

小説家様って。そんな肩書きだけで、突然モテ男になるものか。……恋愛力っていうのは、努力だけではどうにもならない。生まれつきの才能なんだ。そもそも、全人類が恋愛するようにはできていない。一部の才能に恵まれた恋愛エリートだけが、ロマンスというめくるめく世界を体験できるのだ。……いつだったか、そのようなことをどこかの芸能人が言っていたが、まるっきり同感である。僕は、駄目なんだ。ロマンスにはまったく縁がない。

一方、タカダは、小学校の頃から女子にモテモテだった。特に目を引くような容姿ではないが、なにしろ女子に優しかったし、話術にも長《た》けていた。いわゆるクラスの人気者で、取り巻きも多かった。そんなタカダが、なんで僕のようなネクラとつるむようになったのだろう。やっぱり、アレだろうか。ユリ・ゲラー。世界的な超能力者ユリ・ゲラーが来日し、生放送のテレビで超能力を披露するという。壊れた電気製品、または時計を持って、テレビの前に集合！　という番組宣伝につられて、僕は父親の壊れた腕時計を手に、テレビの前に陣取った。番組がはじまり、ユリ・ゲラーが超能力を電波に乗せて全国のお茶の間に届けるという。さあ、みんなも念じよう、

「動けー、動けー、壊れた時計よ、動けー」。

僕は念じ続けた。すると、僕の手の中の腕時計の針が動き出したのだ！　翌日、僕は早速その腕時計を持って学校に行った。クラスメイトのほとんどがユリ・ゲラーの番組を見ており、しかし、壊れたものが動いたという報告はまだなかった。そう、僕

がその第一号だった。それまでは、放置された球根栽培よりも存在感ゼロだった僕が、突然、脚光を浴びた瞬間だった。僕は、そのときから、「超能力少年」などと呼ばれるようになった。それからというもの、僕の周りには、いつもクラスメイトが集まってきた。

「あの時計は、不思議だったなぁ」タカダが目を細めて言った。「絶対、超能力があると思ったもん、俺」

「あるわけないよ。あれは、たまたま、動いただけだよ。壊れていたものがなんかの拍子に、ちょっとだけ動くことってあるだろう？　最後のあがきというか」

「そうかな。お前、本当に秘めた力とかあるのかもよ？」

「ないよ、そんなの」

「まあ、それはそれとして、名簿、できたよ」

タカダは、茶封筒からA４の用紙を取り出すと、それを僕のほうに向けてテーブルに置いた。Y小学校四年二組の名簿だ。

「よく、調べたね！」僕は、歓喜の声を上げた。

「まあね。ちょっと手間取ったけど、そこは、職権を利用した」

さすがは、警察関係者。ここまで調べ上げるのは、素人《しろうと》ではなかなか無理だ。高校、大学の名簿ならば情報がちゃんと管理されていることも多いが、小学校となると。しかも、もう二十五年も前の話だ。

僕は、名簿を舐《な》めるように眺めた。

しかし、なんだ。……こうやって見ると、ほとんど覚えてないもんだな。というか、一人も覚えてない。

「そんなもんだよ」タカダは、僕の手から名簿を奪い取ると、それを茶封筒に戻した。「それに、お前は一学期いただけで、転校しちゃったんだから。でも、みんなはお前のことちゃんと覚えていたよ。同窓会の話を出したら必ず行くって、お前の小説家デビューをお祝いしたいって」

「マジで？　嬉しいな……。なら、同窓会までに、おさらいしておかなくちゃな。最低限、名前と顔は一致させておかなくちゃ」

しかし、残念なことに、Y小学校四年二組のクラスメイトと撮った写真が一切手元にない。先日、実家に帰ってアルバムをひっくり返してみたが、見つからなかった。一学期といえば特にイベントもないんだから、写真を撮っておく機会もなかったんでしょっ、と苛つきながら母親がちゃっちゃっとアルバムを片付ける。確かに、そうだけど。

「……でも、春の遠足の写真はあってもいいと思うんだよ」僕は言った。「春の遠足、行ったよな？　確か、多摩動物公園」

「え？」タカダが、やおら顔を上げた。

「多摩動物公園に行ったよな？」

「ああ、行ったな。多摩動物公園。……あ、確か、集合写真あるよ。今度、持ってこようか？」

「マジで？」僕は、子供のように腰を浮かせた。「集合写真か。いやー、楽しみだな……」

「で、会場なんだけど」

「会場？」

「だから、同窓会の」

ああ、そうだった、今日は同窓会の打ち合わせで来ているんだった。僕は、腰を椅子に戻した。

「会場、押さえちゃっていい？　せっかくだから、Ｐホテルとかを考えているんだけど」

「Ｐホテル？　ちょっと、立派過ぎないか？」

「同窓会だけじゃなくて、お前の祝賀会も兼ねているんだから、相応だよ」

そうかな？　相応かな？　僕はほどよく上機嫌になり、特上カルビを追加注文した。

「もう、いいよ、ここ、結構高いんだぜ？」タカダがそんな弱音を吐くもんで、僕は、「いいよいいよ、ここは俺の奢《おご》りだから、心配すんな」

僕は、とてつもなく高揚した気分で、ついでに特上ロースも注文した。

*

家に帰ると、留守番電話のメッセージが三件。一件目は編集者からで、二作目の原稿の進み具合に関するメッセージ。二件目は母親からで、「探していた写真、あったわよ」というものだった。「ほら、あんたが探していたY小学校の写真。写真の裏に『Y小学校四年二組』ってメモがあるやつが一枚だけ出てきたよ。遠足の写真みたいだけど、どうする？　うちに取りに来る？　それとも——」

メッセージはそこで途切れていた。

そして、三件目。

「こんな時間に、ごめんなさい。レイナです。例の約束のことでお電話しました。また、お電話します」

メッセージが残されたのは、五分前だった。もう、零時を過ぎている。こんな時間に……、なにかあったのだろうか。どことなく、声が切羽《せっぱ》詰《つ》まった感じがする。僕は、レイナちゃんのメッセージをもう一度再生してみた。

――こんな時間に、ごめんなさい。

改めて聞いてみると、涙声のような気もする。やっぱり、なにかあったのだろうか？　もしかして、僕に助けを求めているのだろうか？　なにか事件に巻き込まれているとか？

ここまで考えて、僕は頭を大きく振った。だから、この女はレイナちゃんなんかじゃないんだ。タカダの言葉を借りれば、詐欺師なんだ。そもそも、僕はレイナちゃん……いや、この女の電話番号すら知らないじゃないか。どのみち、心配するだけ無駄なのだ！

気分転換に簡単にシャワーを浴びると、僕はパソコンを立ち上げた。二作目の原稿は、遅々として進んでいない。担当の編集者は、二作目が重要なのだと繰り返し言っている。これが成功すれば、僕は作家として一本立ちすることができるかもしれない。が、失敗すれば、しがないサラリーマンで終わるのだ。そう、当時僕は小さな印刷会社の営業マンだったが、定年まで勤め上げるイメージがどうしても湧かず、小説なんていう世界に逃避していたわけだが、それが生活の糧《かて》になる可能性が出てきたのなら、その可能性にとことんすがりつきたかった。

「そうだよ、とにかく、書き上げなくちゃ！」

――こんな時間に、ごめんなさい。

その電話は、零時を大きく回った、午前二時過ぎにかかってきた。一行も原稿が進まないのと眠いのとで、僕はつい、声を荒らげてしまった。

「だから、あんた、何者？　なにが目的？」

「え？」

「あんた、レイナちゃんじゃないでしょう。誰？」

「……、わたし、わたし」

女は激しく動揺し、そのまま電話を切った。

ほら、やっぱり。詐欺師だっただろう？　タカダの声が聞こえてくるようだった。

そうだよな。レイナちゃんから電話がかかってくるはずないよな。レイナちゃんが、僕のことを覚えているはず、……ないよな。

＊

その週明け、母親から手紙が送られてきた。僕は、体調不良を理由に会社を休んでいた。本当の理由は、小説執筆のためなのだが。

──探していた写真、送るよ。どうせ、取りに来る時間、ないんでしょう。

一枚の写真が同封されていた。

それは、象の前で撮られた集合写真だった。見た瞬間、怒濤《どとう》のように時間が引き戻される。

「こいつはワダッチで、こいつはカンカン、こいつはノダチンだ！」

そして、ど真ん中に陣取っているのが、タカダ。そう、タカダだ！　タカダのやつ、カッコつけやがって、なんだよ、このピースサイン。そして、その隣にいるのが、……僕だ。

ああ、間違いない、僕だ。チビでデブで、冴えない顔。なのに、タカダの真似してピースサインをして気取っている。最悪なのはそのTシャツで、でかでかと描かれた黄色いニコちゃんマークがこの上なくダサい。気のせいか、隣の女子が、少し距離をとって僕を避けている。いや、気のせいじゃないな。明らかに、避けられている。

この女子、なんて名前だったろう？　この子も同窓会、来るかな？　小説家になった僕をどんな目で見るかな？

なんだか、ワクワクしてきた。正直、タカダから同窓会の企画を持ちかけられたときは、それほど乗り気じゃなかった。きっと、僕のことなんか誰も覚えていない。「超能力少年」なんて呼ばれていた時期もあったが、超能力ブームはあっというまに過ぎ去り、一学期が終わるころには、僕はクラスのエキストラに戻っていた。

が、今となってはそれもいい思い出だ。この写真がいい証拠だ。見ているだけで、懐かしさでこんなにドキドキしている。遅めの昼食のカップラーメンをすすりながら、僕は、ドキドキを心行くまで堪能《たんのう》する。

うん？

カップラーメンの中身が半分ほどになった頃である。懐かしさの中に、ほのかに違和感がともる。が、その違和感はクラゲのようにあやふやで、摑《つか》もうとすると、手の中でぐにゃりと解《ほど》けていく。

電話が鳴ったのは、そのときだった。

「Ｐホテル予約センターのオオタでございます」

Ｐホテル？　はて。なんだか最近、この名前を聞いたような。

「ああ、同窓会会場の！」

「さようでございます。七月十日の土曜日、四十五名様でご予約をいただいております」

四十五人も！　僕は、テーブル上の集合写真をちらっと見た。なら、ここにいる連中はほとんど参加するんだな。二十五年も経っているのに、タカダの人望はさすがだ。

「早速ですが――」オオタと名乗るＰホテルの人は、滔々《とうとう》と用件を述べはじめた。

要約すると、こういうことだった。

先週末に入金予定の料金が、まだ振り込まれていない。すぐに振り込んでもらわないと、予約はキャンセルとなるが、いいか？　というものだった。

キャンセルなんて、それは困る！　だって、せっかく四十五人も集まるんだ、二十五年振りに集まるんだ、こんな機会、もう二度と来ないかもしれないのに！

「おいくらですか？」

僕は、受話器に噛み付かんばかりの勢いで訊いた。「いくら、入金すれば？」

「お一人様二万円のコース、及びオプション費用で、サービス料込み百二十三万五千円でございます」

百二十三万五千円!

「それ、すぐに払わないと、駄目ですか?」

「はい。予約された時期は繁忙期でございまして、キャンセルを待たれている他のお客様もございますので、入金が確認されないと、お待ちいただいておりますお客様を優先させることとなります」

「払います、払います」

僕は、声を上げた。百二十三万五千円。大金だが、なんとかなる。新人賞のときにもらった賞金も手付かずだし、印税もある。

「で、どうすれば?」

「今日中に、今から申し上げます口座に入金してください。口座番号は——」

電話を切ると、僕は大急ぎで出かける準備を整えた。

玄関先でまさに靴を履こうとしたそのとき、電話が再び鳴った。このまま出かけようかとも思ったが、Pホテルからかもしれないと、僕は受話器をとった。

「あ、いたの?」

のんびりとそう言ったのは、母親だった。「いないかと思ったのに、びっくりしたよ」いないと思ったんなら、電話してくんな。

「今、ちょっと忙しいんだけど」僕が言うと、「そうなの？　ね、手紙、届いた？」

人の話、聞いてんのか。俺は忙しいんだよ、これからすぐに銀行に行かなくちゃいけないんだよ！

「あれからいろいろと整理していたらね、あんたの写真がね、また出てきたのよ。小学校四年生の頃の写真。転校したあとの写真みたい。だって、あんた、シュッとしてるもん。あんたさ、あの年の夏休みに急に背が伸びはじめてさ、それまで横についていた肉が、全部身長に変換されちゃってさ、夏休みが終わる頃には、別人のようにイケメンになっちゃったんだよね。あんた、覚えている？　でも、それも一瞬だったけどね。翌年にはまた太りはじめて——」

いったい、なんの話なんだ、俺はとてつもなく急いでいるんだ、今日中に指定された口座に入金しないと、ヤバいんだ！

「あんた、何、慌ててんの？」

「だから、今から銀行に行かなくちゃいけないんだよ！　百二十三万五千円、振り込まなくちゃいけないんだよ！」

百二十三万五千円と聞いて、母親の口調ががらりと変わった。

「なにそれ。ちゃんと初めから話しなさい」

「もう、電話切るからね」

「駄目！　ちゃんと、話しなさい！」

母親にこうも強く言われて、それを無視することができる息子がいるならばお目にかかりたい。母親の一喝《いっかつ》は、どんな脅迫よりも恐喝よりも有効だ。気がつくと僕は、あっけなく、すべてを白状していた。

「あんた、本当にお父さんそっくり」

母親は、哀れむように言った。

「しょうもない話だから今までずっと黙っていたけどね。忘れもしない昭和四十九年、お父さんもね、詐欺師にひっかかって、工場を潰しちゃったんだよ。原野商法っていう詐欺。近い将来、開発される予定だからといって、地図にも載ってないようなど田舎の原野を売りつけられて、五千万円、騙《だま》し取られた。その五千万円を用意するために、お父さんは工場を担保にして、怪しいところからお金を借りちゃったのよ。ああ、本当に悔しいね、情けないね。思い出すだけでもムカムカする。あいつがいけないのよ、駅前の安キャバレーのホステス。あの女に騙されたのよ」

そんな昔話を聞いている場合じゃないんだ。一刻も早く、銀行に行かなくちゃ。あ、もう二時半になろうとしている。早く行かなくちゃ！

「だから、落ち着きなさい！　あんた、騙されているのよ！」

母親の怒声が鼓膜《こまく》にびんびん響く。僕は、耳から受話器を離すと、反論した。

「騙されてなんかないよ！　たった今、ホテルから連絡があったんだ」

「あんた、そのホテルに自分から電話してみた？」

え？

「その指定された口座が、ホテルのものだと、ちゃんと確認した？」

え？

「そもそも、そのタカダって人、本物なの？　ちゃんと確認したの？」

え？

母親の畳み掛けるような尋問で、僕は徐々に冷静さを取り戻していった。

僕は、受話器を握り締めたまま、テーブルの上の集合写真を手にした。

この中央でピースサインをしている男子、そう、間違いない、これはタカダだ。

「だからといって、あんたが焼肉屋で会っていた人物がタカダくんである確証はどこにもないのよね？　その人、自分からタカダだって名乗ったの？」

えっと。どうだったっけ？……そうだ、二ヵ月前に「俺だよ、俺」と電話がかかってきて、僕はどういうわけかタカダのことを思い出し、「タカダ？」とこっちから名前を出したんだった。

いや、でも、タカダは当時の僕のことをいろいろ知っていた。ユリ・ゲラーの話もUFOの話も。

「それ、全部あんたから言い出した話題なんじゃないの？　その人物は、あんたの話題に適当に乗っかっただけよ」

まさか。そんな。ここまで母親に諭《さと》されても、僕はまだタカダを信じていた。信じていたかった。

あれ？

僕は無意識に、集合写真に写っているクラスメイトを一人一人数えていた。

先生を入れて、三十五人。何人か休んだやつもいたかもしれないけど、とてもじゃないが、四十五人には遠く及ばない。いや、……でも、風邪か何かが流行《はや》って、十人欠席したのかも。

「そんなに風邪が流行っていたら、遠足そのものが中止よ」

確かに。いや、でも。

あれ？　写真の右端、案内板が写っている。半分見切れているが、その文字は辛《かろ》うじて読める。

「上野動物園！」

ウソ。多摩動物公園じゃない？　だって、タカダも多摩動物公園に行ったって。そのときの写真を持っているって。

「あんたの話に適当に乗っかったいい証拠じゃない。本物のタカダくんなら、あんたの勘違いをツッコむでしょう、普通」

え、え、え、でも、僕は確かに、多摩動物公園に行ったよ！　それじゃ、この頭の中の記憶はなに？　この映像はなに？

「多摩動物公園なら、転校先のD小学校で行った、秋の遠足でしょ。今日見つかった写真が、まさにそれだから。写真の裏に『1974年10月16日　多摩動物公園』って書いてあるもの」

僕は、へなへなと、その場に座り込んだ。呪縛が、完全にとけた瞬間だった。

＊

「よかったですよね、百二十三万五千円を騙し取られないで」

原稿を読み終わった女性編集者の内田《うちだ》が、前髪をかき上げながらゆっくりと顔を上げた。

「こんな感じで大丈夫かな？　エッセイは得意じゃないから、ちょっと自信がなくて」

「いえいえ、おもしろいエッセイですよ。これ、先生の体験談ですよね？」

「まぁね。デビューしたての年に経験した実話だよ」

「大変な経験をされましたね」

「今思えば、『振り込め詐欺』だったんだな、あれは」

「タイトルは、いかがいたしましょう？」

「いつものように、そっちで適当につけておいてくれる？」

「なら――」内田は、マスカラで一・五倍増しさせた睫《まつげ》をしばらく瞬《まばた》かせると、呟《つぶや》いた。「『一九九九年の同窓会』というのは、いかがでしょうか？」

「一九九九年の同窓会……か。もうあれから、十年以上、経っちゃったんだな」

曾根崎《そねざき》は、目を細めた。この十年、長かったのか短かったのか。いずれにしても、がむしゃらに小説を書いてきた。デビューして四年後には五十万部のベストセラーも出し、その翌年には映画化もされ、賞の候補の常連にもなった。今では、ちょっとした売れっ子作家だ。こうやって、編集者がひっきりなしに、自宅まで原稿をとりにやってくる。

「でも、残念でしたよね」内田の言葉に、曾根崎は「うん？」と首を捻《ひね》った。

「結局、同窓会は実施されなかったんですよね？　お原稿を拝見した感じでは、先生、楽しみにしてらしたんじゃ？」

「そうだね……」曾根崎のたらこ唇が、ニヤニヤと波打つ。「実はね、やったんだよ、同窓会」

「え？　そうなんですか？」

「うん、ふたりっきりでね。一九九九年の七月に。人類が滅亡する前に」

「え、ということは……」内田は、手にした原稿をぱらぱらと遡《さかのぼ》った。「レイナちゃんですか？」

「そう」曾根崎のニヤニヤがさらに激しくなる。

「じゃ、レイナちゃんは、本物だったんですか！」

「そう。あの後に、お袋からもう一枚、写真が送られてきてね。転校先のD小学校四年五組で多摩動物公園に遠足で行ったときの写真」曾根崎のニヤついた唇は、ついにはナマコのように形容しがたい形に崩れた。「レイナと僕のツーショットの写真だよ」

「レイナちゃんと先生の？」

「うん。写真の裏にね、『レイナちゃんと。一九九九年七月に会おうって約束する』って、僕の字で書かれていた。それで、思い出したんだよ。確かに、僕はレイナちゃんと約束したって」曾根崎が、唇をぺろりと嘗《な》め上げた。

内田の体が、自然と仰《の》け反る。「で、でも、エッセイじゃ、偽者だと思って、冷たくあしらってますよね？」

「うん、だから、写真を見て真実を知ったとき、死ぬほど後悔した」曾根崎は巨体をぶるっと震わせると、身を乗り出した。「でも、レイナは諦めずに、また電話をくれたんだ！」

「よかったですね！」内田は曾根崎の接近を器用に避《よ》けながら、言った。「で、そのあと、レイナちゃんとは？」

「めでたく、結婚したわ」

真打ち登場とばかりにティーセットを運んできたのは、曾根崎の妻だった。業界でも有名な、美人妻。

「あ、奥さんが、レイナちゃんだったんですね！……あ。でも、お名前が」確か、美代子《みよこ》では？

「ムトウ　レイナって、わたしの芸名だったのよ。主人は、芸名のほうを覚えていたようね」

曾根崎夫人が、慣れた手つきでテーブルにティーセットを並べていく。最高級のやつだ。これだけのティーセット、十万円は下らないだろう。

「子役のときは、そこそこ人気もあったのよ。あのドラマでしょう、あのＣＭでしょう――」夫人は紅茶をつぎながら次々とドラマのタイトルやＣＭの商品名を挙げていった。どれも知らないものばかりだったが、内田は、「すごいですね、すごいですね」と、大げさに頷《うなず》き続ける。

「それで、十四歳でアイドルデビューしたんだけどね」

「すごいですね！」

「でも、全然売れなかった」

「すごい――」内田ははっと言葉を急停車させると「そうなんですか」と慌てて、ティーカップを手にした。

「それで、女優に転身したの。それでもなかなかメジャーになれなくて、二十五歳のときに銀座のホステスになったのよ」

「え、じゃ、もしかして……」

「そうよ。文壇バーのホステス。主人の新人賞授賞式のときにもお邪魔したのだけれど、主人たら、わたしのこと、全然覚えてなくて。わたしはすぐに分かったわ。だって、主人はわたしの初恋の人だもの」

曾根崎夫人の視線が、サイドボードに飛んだ。イタリア製だというロココ調のサイドボードには、色とりどりのフォトフレームが飾られている。曾根崎夫人は、そのひとつを手にした。

古い写真だった。象の前で、一人の美少年と一人の美少女がそれぞれにポーズをとっている。

「この写真ね、担任の先生に頼んで、こっそりと撮ってもらったのよ」

「え、ということはつまり。……相思相愛だったんじゃないですか！」内田は少女のように声を上げた。「それにしても、先生、すごい美少年振りですね！」

「だから言ったろう？」曾根崎のたらこ唇が、再びニヤつきはじめた。「僕、奇跡的に、このときだけ美少年だったんだって。この年の夏に、身長が突然伸びはじめてね、急に痩《や》せちゃったんだよね」

「夏休みが明けて、主人が転校生として紹介されたとき、クラスの女子たちはそれはそれは大騒ぎだったのよ。主人はたちまちクラスのアイドル。みんな主人の歓心を得ようと、ほんと、すごかったんだから」ふふふふ、と夫人。

「いやいや、全然覚えてないなぁ」カッカッカッと大笑いしながら曾根崎。

内田も付き合って笑ってみるが、それにしても、今の曾根崎からはとても想像できない。この人が、一瞬でも美少年だったなんて。

いや、そういうこともあるのかもしれない。なにしろ、人体の不思議は無尽蔵だ。

……ならば、かえって幻滅したんじゃなかろうか夫人は。二十五年振りに再会した曾根崎に。曾根崎のデビュー当時を覚えているが、内気で陰気で、暑苦しいちょっとキモいダサ男、というのが第一印象だ。今でも、その印象は大きく修正されてはいない。むしろ、肥満が進行した分、マイナス要素は増えている。

幻滅しなかったのかな、レイナちゃんは。私だったら、幻滅を通り越して、思い出そのものを完全削除する。どんなに素晴らしい思い出であっても。

内田は、象の前でポーズをとる、かつての美少女と美少年に、今一度視線を巡らせた。

あれ？

内田の視線が、美少年の右手で止まった。「……これ、もしかして、ゴールデンアップルですか?」そして、再び、膝上の原稿を捲《めく》りはじめた。「ゴールデンアップルですね! ゴールデンアップルは、ちゃんと存在したんですね!」

「うん、そうだ」曾根崎のたらこ唇が、通常モードに戻った。「……と言いたいところだけれど、よく見てみて、それ。ファンタアップルなんだよ」

「え?」

「僕は、このファンタアップルを、ゴールデンアップルだと勘違いしていたようだ。どこでそんな記憶の差し替えが行われたのか分からないけれど、小さいときの記憶って、時系列もめちゃくちゃだし、テレビで見たものと現実がごっちゃになっているし、夢が混ざっている場合もあるし、他人の記憶が入り込んでいることもある。つまり、記憶そのものに騙されている場合があるんだよ。だから、タカダと名乗る詐欺師にも引っかかっちゃったんだよなあ」曾根崎は、苦々しい表情で腕を組んだ。「僕が『超能力少年』だと言われていたのも、怪しいもんだ。ただの願望だったのかもしれない。そもそも、あとで調べてみたら、ユリ・ゲラーが出演したあの番組――」

「全国に超能力を送って、壊れた時計をなおすっていうやつですね」

「そうそう、それ。あの番組が放送されたのは、一九七四年の三月七日の木曜日で、僕はまだ小学校三年生だった。しかも、当時僕はチャンネル権を完全に姉に握られていて、僕が望む番組はひとつも見られなかった。アイドルに夢中だった姉がユリ・ゲラーなんか見るはずもなく、僕はその番組そのものを見ていない可能性が高いんだよ。実際、ユリ・ゲラーの番組を見たって記憶があるのは家族で一人もいない」

「じゃ……、それも作られた記憶だったんですか？」

「たぶんね。まあ、そのおかげで、タカダをかたる詐欺師の嘘に気がつくことができたんだけど」

「ねえ、そんなことより、あなた」

曾根崎夫人が、夫の肩をポンと叩いた。夫人はニヤリとひとつ笑うと、そのまま無言で、隣の部屋へと消えていった。

曾根崎は、切り出した。

「それでだ、例の件なんだが」

いよいよ、来た。内田は身構えた。例の件とは、前借りの相談だ。曾根崎の前借りは、もう限界を超えている。編集長からも、これ以上は絶対受け付けないようにと言われている。

「あ、もうこんな時間か……」内田は、これみよがしに、腕時計を見た。「今日は校了日で、これから社に戻らなくてはならないんです。では、お原稿、ありがとうございました」

内田は一方的にしゃべり倒すと、そそくさと席を立った。

「いや、でも、いい物件があるんだよ。明日までに手付けを払いたいんだ。北海道のなんちゃら町というところにある平原なんだけどね、開発されれば、何十倍にもなるというんだ……」

曾根崎の言葉が、こなきじじいのようにすがり付いてくる。しかし内田はそれを振り切った。

玄関のドアを開けると、次の編集者が待機していた。この人も、どうやって曾根崎の前借りの話を断ろうかと、ぐるぐると思考をめぐらせているに違いない。

「こんなに売れているのに……」

帰りの電車の中で、内田は呟いた。

「なんで、あんなに借金だらけなんだろう。やっぱり、あの噂は本当なんだろうな」

曾根崎夫人は怪しい投資話を持ち出しては、夫の収入を自分の口座に移動させているというのだ。

さらに夫人は、銀座に高級クラブを出す準備をはじめているらしい。ついでに、離婚の準備も。

「一九九九年の同窓会か……」

内田の唇から、ため息がひとつ零《こぼ》れた。

いつまでも、仲良く。

ハイレグの水着。十センチのハイヒール。みんなそれぞれに綺麗《きれい》で、抜群のスタイル。でも、私だって負けてない。この笑顔、このくびれ、この美脚。

名前が呼ばれて、スポットライトが私のところで止まった。歓声と拍手が、私を包む。なんていう快感。体中が痺《しび》れて何をしていいか分からない。ここでは泣いておいたほうがいいよね？　マスカラが落ちない程度には。私は戸惑《とまど》いと驚きの仕種《しぐさ》で、少しだけ表情を崩した。

一週間後、その様子がテレビで放送された。名前を呼ばれた私の顔が大写しになっている。少しだけパンダ目になっているけれど、でも、なかなかいい感じじゃないかしら？

「でも、化粧がちょっと濃すぎるよ？　あれじゃ、水商売の人だよ」

なによ。お母さんはいつでもそうだ。ダメ出しばかり。以前はそんな母に苛立《いらだ》っていちいち口答えしていたけれど、今は違う。聞き流すことができる。だって、もう私は以前の私じゃないのよ。あなたに何を言われても、平気。どんな罵詈雑言《ばりぞうごん》も撥《は》ね除《の》ける〝自信〟と〝余裕〟を身につけたのだから。それだけじゃない。〝自信〟と〝余裕〟は、それまで見えていなかったものを私に見せてくれる。私は、台所に立つ母の厚い背中を眺めた。なんて不恰好な背中。がっつり摑《つか》めそうな肉の盛り上がりが、ところどころに段々畑を作っている。その背中にぽっこりのっかっている頭が、こちらをちらちら窺《うかが》っている。

本当はテレビが気になって仕方ないのにそんなものには興味がないわ、とわざわざ他の用事をみつけて、それならそれでその用事に専念すればいいものを、やっぱりテレビが気になって仕方がない。――母は万事がそうだ。どこか捻《ねじ》れている。だから、父だって逃げ腰なのだ。単身赴任を口実に、父が帰ってこなくなってどのぐらい経つだろう。たまに戻ってきても、母のいない時間を見計らってこそこそと用事だけ済ませて、自分の小さな城に戻っていく。母はそんな父を言葉の限りを尽くして悪く言うけれど、言えば言うほど、父は遠ざかる。残された母は、ぼやきと愚痴の中、自分を慰める。

可哀想なお母さん。陰気で卑屈な性格が、その背中にすべて表れている。以前の私も、あんな背中をしていたのだろうか。そう、していたのだ。だって、私は母にそっくりだった。半年前までは。

半年前の私は、なにひとついいところのない女だった。百五十五センチ、七十八キロ。いわゆる〝デブ〟だ。物心ついた頃から痩《や》せていたことなんかない。アルバムの写真は、どれも力士をそのまま縮小したようなまんまるい体型に仏頂面。だって、小さい頃に母に言われたんだ。「あんた、デブでブサイクなんだから、せめて、しゃきっとしなさい。へらへら笑っていると、かえって哀れよ」

また、こんなことも言われた。「ブサイクがおしゃれなんかしたら、みじめよ。笑われるだけ」

だから、いつだって無地でなんの飾りもない服ばかり。そもそも、私サイズのおしゃれな服なんか売ってなかった。だから、小学生のときから母のお下がりばかり。それか、ジャージ。

でも、ジャージ姿の醜《みにく》いアヒルの子は真っ白なガウンを羽織った白鳥になった。優勝の印のティアラを戴《いただ》く私の目からは、真珠のような涙がひとつ。

「あーあ。マスカラで、涙が真っ黒だよ」

なのに、母はテレビの中の私に向かってダメ出しを止めない。思えば、母に褒《ほ》めてもらったことってない。

とはいえ、母は充分に私を可愛がってくれたと思う。母は母なりに私のことを心から心配し、世間の冷たい仕打ちに耐えられるように私を鍛えてくれたんだと思う。私が憎くて、あれこれと言っているんじゃない。その証拠に、家計が苦しいときでも、食卓にはいつもあふれんばかりの食べ物が並び、好きなものを好きなだけ食べさせてくれた。「さあ、どんどん食べなさい」「おかわりは?」「おなか空いてない?」これが、母の口癖だった。

そのせいで、私の肥満はすっかり定着してしまったのだけれど。からかわれるのは日常茶飯事《さはんじ》で、軽い虐《いじ》めもあった、失恋は数え切れないほどだし、就職も何度もしくじった。そのつど、母は「世の中ってそういうものよ。中身より容姿を優先するものなのよ。あんたは悪くない」と、励ましてくれた。そう、悪いのは世の中、私を振る男たち、私を雇わない企業!

本当にそう? それは言い訳じゃないの? このまま、エクスキューズと責任転嫁を繰り返しながら、ぶくぶくと醜く太っていくだけの人生でいいの? 今こそ、変わらなくちゃいけないんじゃないの? ぬくぬくと自分を甘やかすお菓子の豚小屋から抜け出さなくちゃいけないんじゃないの？　鏡を見てご覧なさいよ、まるでブロイラーじゃない。――そんな挑発的なコピーに触発されて、雑誌に載っていたダイエットドリンクのコンテストに応募したのが八ヵ月前。だって、本当にブロイラーだったんだ、鏡の中の私は。虚《うつ》ろな笑顔、鏡餅のようなウエスト、肉割れの蚯蚓《みみず》脹れで今にも破裂しそうな太腿《ふともも》。私って、こんなに醜かったの？　……死にたい。

「でも、大丈夫。レボリューションボディドリンクで、半年後はあなたも大変身！」

注文したダイエットドリンクのパックにはこんな言葉が印字されていた。半年、半年死ぬ気で頑張れば、こんな私も変われるの？　生きていてよかったたって思えるの？　私、やる。絶対痩せる。こんな姿のまま、終わりたくない！

そして、壮絶なダイエットの果て、ようやく、百五十五センチ四十六キロの美容体重と、〝ダイエット女王〟のタイトルを手に入れたんだ。辛かった、あの半年は本当に辛かった。この世の地獄だった。でも、自業自得の地獄、今まで自分を甘やかしてきたツケ。逃げ出したらダメ！　今度こそ、今度こそ変わらなくちゃ。

そして、今。まるで、別人だ。あんなに鏡を見るのがいやでたまらなかったのに、今は一日中でも見ていたい。脂肪がなくなった顔は二回りほど小さくなり、脂肪で埋もれていた目元は美容整形手術をしたかのようにくっきりとした二重《ふたえ》、やはり脂肪で隠れていた顎《あご》はまるでアイドルのようにすっきりと尖《とが》っている。私ったら、本来いい素材を持っていたんだ。ずっと母親似だと思っていたが、実際周りにもそう言われていたから、諦めていたが。でも違った。私は、無責任でお調子ものだけど顔だけはいい父親似だったのだ！　なのに、長年、脂肪という仮面をかぶらされていたんだ。ああ、私は膨大な時間を無駄にしてしまった！

電話が鳴っている。予想はしていたが、まさかこんなに早く反応があるなんて。

「私が出る」台所の母に声をかけると、私は腰を浮かせた。どっこらしょ、なんていう声はもう漏れない。躍るように体を翻《ひるがえ》して、四回目の呼び出しベルが鳴る前に私は受話器をとった。

電話は、高校生時代の同級生、クミからだった。

＊

「ヨシエ、本当に、変わったねー、すごい」

クミは、猫が水を飲むように首を伸ばしてグラスの縁《ふち》に唇を近づけた。すぼめた唇の周りには梅干のような皺《しわ》が幾つも刻まれ、ずるずると音を立てながらお冷《ひや》が吸い込まれていく。前はこんなんじゃなかった。もっとしゃきっとしていて、マナーだって身だしなみだって神経質なほど気を遣っていた。なのに、今日、このティールームに現われた彼女は脂肪をたっぷりと蓄え、そのくせ背中を老人のように丸めて、やぶ睨《にら》みで私たちをみつけるとどたばたと蟹股《がにまた》で近づいてきた。髪にも白いものがちらほら。前会ったときよりも、さらに老《ふ》け込んでしまった感じだ。まだ、三十代前半なのに。

「でも、ヨシエ、水臭いな。なんで言ってくれなかったの？　テレビ見てなかったら、知らないままだったよ」

そんな非難めいたことを言ったのはアイコ。アイコも、少し老けたかな？　化粧が前より濃くなっている。

「ああ、目移りしちゃう、どれにしよう……」

マキは相変わらずだ。色気より食い気。私のことなんかお構いなしに、さっきからメニューと格闘している。

母校近くのティールーム。昨日、クミから電話があって、急遽《きゅうきょ》、みんなと会うことになった。〝みんな〟とは、高校時代のグループ。アイコ、クミ、マキ、キョウコ、そして私の五人グループだ。私たちは同じ地区に住んでいて、小学校から中学校まで同じ学校、それまで同じクラスになったことはないが、その地区から地元の女子高に上がったのがたまたまこの五人で、同時刻に同じ電車で通学しているうちに、自然と仲良くなった。三年生のとき同じクラスになったことも、私たちの絆をより強めた。卒業後は進路もバラバラになったが、数ヵ月に一度は遊びに行ったり、食事に行ったりして、今も親交を深めている。

「結局、キョウコは？」

アイコが、隣に座るクミに聞いた。クミはグループの世話役でなおかつアイコの秘書係、卒業して十五年経つのに、まだその関係性は続いているようだった。クミは、お冷を飲み干すと、応えた。

「うん、誘ったんだけど、やっぱり、ちょっと無理だって」

キョウコは、十五年前、高校を卒業するとすぐに地方へお嫁に行ってしまった。新幹線で二時間もかかるような遠方だ。そのせいで、最近は疎遠になっている。

「専業主婦って、意外と自由がないのよね。特に、地方じゃね」

そう言うアイコはバツイチ、今は広告代理店に勤めるバリバリのキャリアウーマンだ。このグループの中では一番の出世頭。一番綺麗で、一番成績がよくて、大学も一番いいところに行った。私とは対極にある。私は一番見栄えが悪くて、一番成績が悪くて、大学にも落ちて専門学校で妥協した。そのあとも定職に就くことなく、実家にパラサイトしながらアルバイトや派遣でどうにかこうにか惰性で生きてきた。なんてしょぼい人生。でも、今は違う。ここにいる四人の中で、たぶん私が一番輝いている。私は、お冷を飲みながら視線だけを動かしてテーブルを囲む三人を見渡した。すっかりおばさん化してしまったクミ、擦《す》れた厚化粧のアイコ、色気ゼロのマキ。うん、私の圧勝だ。私は、グラスについたグロスをそっと指で拭った。人差し指には九号のシルバーの指輪。その爪も桜貝のようにきらきら光っている。なかなか注文が決まらない私たちに痺れを切らしたのか、伝票を持ってウエイトレスがやってきた。

「よし、決めた」

食い気のマキが、ようやく顔を上げた。「ケーキセットで。ケーキは、モンブランとパンプキンプディングの盛り合わせ。それと、スコーンもふたつ。クロテッドクリームをたっぷりと」

痩せの大食いが、マキの自慢だ。どんなに食べても太らないの、そうマキは小鼻をうごめかす。でも、さすがに歳にはかなわないようだ。会うたびに体型が崩れている。でもその現実には気づいてないようで、何年か前のカットソーを無理やり着ている。何年か前はちょうどいいサイズだったのだろうが、今は、襟ぐりも袖ぐりもぱつぱつで、バストとウエストのところに生地の悲鳴のような不自然な皺がいくつもできている。

「じゃ、私もケーキセットで。チョコレートシフォン」アイコが言うと、「えーと、私もセットで、アップルパイ」と、クミも続く。

「以上でよろしいですか？」

「ヨシエは？」アイコが、怪訝《けげん》そうな顔をこちらに向けた。

「私は、……ダージリンティーをストレートで」

「うそ、お茶だけ？」

「うん、あんまり、おなかすいてないし……」

「うそでしょう？　今日ぐらいはダイエット忘れようよ、ね。なんだか、私たち、食べづらくなるよ？」

遠まわしに「空気読めよ」と、アイコが迫ってくる。

「……じゃ」私は、急いでメニューに目を通した。この中で一番太らなさそうなもの。

「じゃ、私もセットで。フルーツタルトをお願いします」

注文した品が次々と並べられ、甘い香りがテーブルを覆う。私は軽い吐き気を覚えていた。半年間のダイエットの末、あんなに好きだった甘いものに対して拒絶反応が出るようになったのだ。

「……もう、ホント、この仕事は大変なのよ。マスコミっていうと華やかなイメージかもしれないけれど、地味な仕事の積み重ねなの」

いつのまにか、アイコの苦労話がはじまっていた。アイコはこのグループの花形だ。自然と、アイコ中心に話が回っていく。

「ヨシエも仕事決まったんだって？」アイコの話の隙間を縫って、クミがこちらに話を振ってきた。クミは、昔からそつがない。アイコの独壇場になって場が白けないように、こうやって、話題を各人に振る。一種のＭＣみたいなものだ。

「うん。先月、ようやく社員で雇ってくれるところが決まって。社員といっても契約なんだけどね」

「どこ？」

「……Ｙ社」

「うっそー、Ｙ社？　今一番勢いのあるＩＴ企業じゃない！」クミが大袈裟に手を叩く。「ダイエットに成功して、ダイエット女王にもなって、そんないいところにも就職できて、言うことないね。開運効果もあるのかもね、あのダイエットドリンク。えっと、なんていったっけ？　レボリュー――」

「レボリューションボディドリンク。でも、どうなんだろう……」アイコが口を挟む。「あのダイエットドリンクの会社、うちのクライアントでもあるんだけど、ここだけの話、評判よくないんだよね。やめるとリバウンドがすごいんだって。それに、結構な値段するでしょう？　それに、Y社？　あそこもあんまりお勧めしないな……。ここだけの話、業界ではかなり悪い噂あるのよ。今は調子いいけどさ、来年はどうなっているか分からないよ？　それに所詮契約でしょう？　二年とか三年とか契約期間に上限がついていることがほとんどでしょう？　つまりさ、ある期間がきたらお払い箱ってこと、使い捨てってこと、会社にとっては派遣よりも都合のいいポジションってこと。目先の待遇に騙《だま》されちゃ駄目だよ」

アイコだって契約のくせに。喉《のど》まで出かかったが、私はそれをお茶で流し込んだ。

「でも、ヨシエぐらい綺麗になったら、たとえ今の会社が駄目でもすぐ見つかるよ。だって、本当に綺麗になった」クミが、話を戻そうと、丸い頰に笑窪《えくぼ》を作りながら言った。「私もそろそろダイエットはじめようかな。今からはじめれば、夏になる前には——」

私もそろそろダイエットを……。これは、クミの口癖だ。彼女は十年前、一ヵ月で十キロのダイエットに成功している。ついでに、青年実業家の彼氏も手に入れた。が、すぐにリバウンドし、恋愛も破綻してしまったわけだが、「私は一ヵ月で十キロ減らした」という記録だけは彼女の中で燦々《さんさん》と輝き、その気になればすぐにでも十キロぐらいダイエットできると今もかたく信じている。しかし、あれから十年、クミがダイエットに成功することは二度となかった。これからもないだろう。本当にダイエットする気なら、今この場で禁欲をはじめなくては。でも、目の前に出されたサクサクでホカホカのアップルパイ、それをパスすることなんか、クミにはできない。案の定、クミはフォークを右手に取ると、これ以上ないというような笑みを満面にたたえた。丸いほっぺが今にも落ちそうだ。

「ヨシエ、本当に綺麗になったよ。羨ましい」食い気のマキが、口いっぱいにプディングを詰め込みながら、ようやく私のほうを見た。

「本当ね、羨ましい」クミが、ざくりとフォークでパイを抉《えぐ》り取る。「ヨシエは勝ったんだよ、自分に」

「なに言っているのよ。世間的に言えば、クミやマキだって立派な勝ち組じゃない」

またアイコがしゃしゃり出てきた。「堅実な旦那さんに、そして、かわいい子供……」

つまり、結婚歴のない私は、この中で相変わらずの負け組なのだと、アイコは釘をさしたいのだ。アイコだって今は独身だが、アイコいわく、バツイチでも結婚歴があれば女としての評価はワンランク上がるんだそうだ。なんていう言い草だろう。前なら、アイコの話をうんうんと素直に聞いていたが、今となってはただの見栄っ張りのバカ女にしか見えない。自分の立場が変わると、今までとは違う角度から相手を見ることができるようだ。あんなにグループで輝いていたアイコの言動が、いちいち軽薄に見える。しかし、そうは言っても、アイコは今でもこのグループの核だ。私は適当に話を合わせた。

「そうだね、結婚しているクミやマキのほうが幸せなんだよ、私なんかより。そうそう、マキ、旦那さん、単身赴任って聞いたけど、いろいろ大変じゃない？　うちも父が——」

マキの唇が少しだけ歪《ゆが》んだ。アイコが意地悪く笑っている。クミのフォークが宙で止まった。しまった。空気が変わった。私は急いで話を変えた。

「キョウコは、どうしてるんだろうね？」

こういう微妙な空気のときは、この場にはいない人の話題を出しておけばいい。そうすれば、みんなの興味もひとつに定まり、不穏な空気も吹き飛ぶ。ごめんね、キョウコ。

「ここだけの話だけど……」アイコが、瞳をきらきらさせて、身を乗り出してきた。

「相当、大変みたいよ、キョウコ」

「なに、なに？」私の上半身も、自然とテーブルの中央に向かう。クミとマキも集まってきた。私たちの注目がピークに達したところで、アイコは芝居がかった声を張り上げた。

「私、駄目よ。もう耐えられない。いろいろ頑張ってきたけれど、もう駄目。あの子を殺して、私も死にたい……」

通りかかったウエイトレスが、ちらっとこちらを見た。

「……キョウコったら、そんなことを言うのよ。あれは、かなりキているんだと思うの。気の毒だよね」

こういう話になると、アイコの右に出る者はいない。アイコの情報収集力はすばらしく、それをおもしろおかしく人に広めるのも上手《うま》かった。アイコはちょっと癖のある女だが、この特技がある以上、アイコの周りから人がいなくなることはないだろう。ちょっと人格がアレでも、それを上回る蜜を持っているのだ。私たちは、蜜の味をもっと味わおうと、さらに身を乗り出した。

「なんだか、息子さんが大変なことになっているのよ。今、中二なんだけど、不登校がはじまって、さらに引き籠もりでドメスティックバイオレンス。同居しているお姑《しゅうと》さんとも折り合いが悪くて、毎日喧嘩。それでなくても、あの子、神経質でしょう? なんか、旦那さんの浮気説っていうのも浮上してきちゃって、ちょっとしたノイローゼになっているのよ」

実は、私もキョウコからはよく電話をもらっていた。ここ二、三ヵ月のことだ。電話の内容はたいてい息子のことで、それはほとんど悪い話だった。ちょっとやそっとのことなら、母親は我が子のマイナス点を積極的に人に言うことはないだろう。逆に、それを誤魔化すか、または他の小さな美点を見つけ出してそれを誇張して自慢するか。実際、以前は、クラスの委員長になった、絵のコンクールで入賞した、などなど、こちらからすれば取るに足らない小さなことをいつまでも聞かされたものだ。しかし、今ではすっかり様変わりしてしまった。自慢どころか、家庭の恥というべき事柄を包み隠さず話すようになった。息子の愚痴はいつしか旦那の悪口へとシフトしていき、姑への恨み節に移り変わり、最後には「世界中の人が私を不幸にしようとしている」などとわけの分からないことを言い出し、泣きじゃくる。ストレスが飽和状態なのだろう。混乱の極みなのだ。こういうとき、相談相手に選ばれた者はどうすればいいか。

「とにかく、話を聞いてやる、これが一番なのよ。下手《へた》にアドバイスしたり、忠告したりすると逆効果。だから、私もキョウコの話を黙って聞いていたんだけど」アイコが、いったん、乗り出した身を引いた。そして、紅茶で唇を濡らすと、続けた。

「でもね、離婚したいなんて言い出すから、言ってやったの。——生活費はどうするの？　養育費は？　よく考えてみて。それまでひとつだった生活基盤がふたつに分かれるのよ、つまり、今までの生活レベルを保とうとするなら、二倍のコストがかかるってことよ。でも、収入は変わらない。ということは、今までの半分のコストで暮らさなければならないってこと。それで今までのように暮らしていける？　私の場合は仕事していたし子供もいなかったから、まあ、離婚しても生活レベルは落とさずに済んだけど、でも、専業主婦はそうはいかないわよ。だって、生活力ないんだもん。今から就職しようったって、このご時世だし地方だし、あるわけないじゃない？——そう言ってやったの。だって、そうじゃない？　私、間違っている？」

ううん、間違ってない。無言の返事が三つ、テーブルに漂う。

「しかも、あの子、高校を卒業してすぐに結婚しちゃったじゃない？　社会経験だってほとんどないでしょ？　スーパーのレジ打ちぐらいは経験あるって言っていたけど、そんなんで生活していけると思う？　まったく、これだから、専業主婦は考えが甘いって言われるのよ」

しゃべり疲れたのか、アイコははぁーと息を吐き出すと、再び紅茶で唇を濡らした。次にすぅーと息を吸い込むと、話を続けた。

「そもそも、あの子は、高校時代から考えが甘かったのよ、学園祭のときも合唱コンクールのときもそうだった」

「ああ、あれは、大変だったね」スコーンにクロテッドクリームをたっぷり塗りながら、マキ。「そうそう、大変だった」クミも苦笑いする。

それからは、ここにはいないキョウコの話題が続いた。話に夢中になって、私は、つい、フルーツタルトを食べきってしまった。本当は、半分ほど残すはずだったのに。口に運ぶまでは吐き気がしていたはずなのに。でも、それを舌に載せたとき、ぱぁーっと何かが弾けたような気がした。美味しい……。やっぱり、美味しい。私は、皿に零《こぼ》れ落ちたカスタードクリームもすべてフォークで掬《すく》い取って、カスひとつ残さず、完食した。ああ、美味しかった。でも、他のものはどうなのかしら？　マキの皿に残っているスコーンとクロテッドクリーム、あれも美味しそうね。私は、喉を鳴らした。

「まったくねぇ。キョウコは基本的にはいい子なんだけど、すべてにおいてマイペースで適当なのよ。家庭崩壊なんて嘆いているけれど、案外、キョウコ自身に問題があるかもよ？」

店を出てからも、キョウコの話題は続いた。外はすっかり夕映えで、私たち四人の影を長く長く伸ばしている。

前を行くアイコとマキは女生徒のように腕を組み、後ろを行く私とクミは少しだけ距離をとりながら、ちらちらとお互いを気にしつつ、歩を進める。クミの唇の端には、パイのカス。それを指摘しようかとも思ったが、クミの唇が動き出したので、止めた。

「この辺はあまり変わってないね。駅前はみごとに様変わりしたけど」クミは、呟いた。「そうだね」私は応えた。

駅から歩いてすぐなのに、この界隈《かいわい》だけは相変わらずだ。立地的には悪くないのだが、ここは昔から猥雑《わいざつ》な裏通りという雰囲気で、古い雑居ビルが無秩序に建ち、大小の商店が考えなしに隙間なく詰め込まれている。それでも、あまりに古いビルは建て替えがはじまっているらしく、ところどころに空き地も見える。ここにもいよいよ再開発の波がやってきたか。

「あ」クミが、立ち止まった。「あの店、裏はあんなことになっているんだ」

そこはバーだった。高校時代、ここを通るたびに、「いつか入ろうね」などと無責任な約束を何度も交わしたものだ。それだけその外観は魅力的で、今も変わらずおしゃれなレンガ造り、つい携帯を取り出して写真を撮ってしまいたくなる。

が、今は少しだけ様子が違っていた。隣のビルが取り壊され、今まで隠されていた側面が晒《さら》されていた。

「やだ」私は、独り言のように言った。「裏は、こんな汚い古い木造だったんだ。表面だけおしゃれに繕《つくろ》ってただけなんだ」

こういうの、なんていっただろうか。普通の民家をヨーロッパのショップ並みに飾り立てた張りぼての店舗。えっと。ああ、看板建築。

「あ、隣のフラワーショップも」

クミが、私の袖をひっぱる。裏をのぞき込むと、バーとは別々の建物だと思っていた隣のフラワーショップが、裏ではつながっている。その隣のケーキ屋も、さらにその隣の洋食屋も。表はどれも洒落た素敵な店構えなのに、裏は、古くて汚い木造建築。時代劇に出てくる長屋のようだ。

「すっかり騙されていたね」

私たちは、顔を見合わせて笑った。クミの唇の端から、パイのカスがぽろりと落ちる。ああよかった、と思ったのはつかの間、パイのカスは、クミの豊満なバストのあたりに止まった。サーモンピンク色のニットに、それはよく目立った。今度こそ指摘しようと思ったが、

「急がないと」

とクミが言ったので、私はまた言いそびれた。見ると、アイコとマキはずっと先を歩いている。

懐かしい制服姿の女生徒三人と、すれ違った。私たちの後輩だ。少しデザインは変わったが、ブレザーの色は今も同じだ。なにがそんなに楽しいのか、三人はけらけら笑いながら、じゃれあいながら、風を切って歩いていく。私たちも以前はあんなだったのだろうか。往来する人を気にすることなく、ただひたすら自分たちの友情のことだけを考えて、我が物顔で道の真ん中を突き進む。

先を行くアイコとマキの歩みが止まった。三叉路《さんさろ》、左側を行けばあと一分ほどで駅だが、高校時代は右側の細い路地を折れて意味なく遠回りしたものだ。その路地の手

前で、アイコがくるりと振り返り、手招きした。私とクミは、早足でそれに応える。以前は古い民家が密集していたが、ここもところどころ建物が壊され、空き地になっている。

「ねえねえ、見て。これ」

アイコが指差した先にあったのは、錆《さ》び付き色褪《いろあ》せたブリキの看板だった。「ハリウッド」という名のキャバレーの看板。いつの時代のものか分からないが、たぶん、私たちが生まれる前からここに貼り付いているのだろう。古い民家の塀、それをはじめに見つけたのは、マキだった。高校一年生の夏休み前、スナック菓子を頬張っていたマキがいきなり「ハリウッド！」と叫んだ。それからは笑いが止まらず、しゃっくりまで飛び出して呼吸困難に陥ったマキを、私たちはあの手この手で介抱したものだ。それから、ここを通るたびに、「ハリウッド！」と誰かが呟《つぶや》くようになり、そして脊髄《せきずい》反射のような笑いが起こった。

「この看板、まだあったんだ」

マキが、そっと指を近づける。その指が十五年間の埃《ほこり》を取り去ると、現れたのは、コンパスの針で刻んだ落書きだった。高校三年生の学園祭の帰り、落書きをしようと言い出したのはアイコで、「やろう、やろう」とはしゃいだのはキョウコ、コンパスをとりだしたのはクミで、実際に落書きしたのはマキ、私は見張り役に立った。キャバレーの宣伝のためにポーズを決めてにこりと笑う、シルクハットの五人。私たちはそれぞれに自分たちの名前を当てはめ、それを刻んだ。右からアイコ、クミ、キョウコ、ヨシエ、マキ。それは他愛のない悪戯《いたずら》で、しかし真摯《しんし》な友情の証だった。学園祭の素晴らしい余韻をどうしても残しておきたくて、この記憶を永遠にとどめておきたくて。これからも五人、仲良くやっていこうね、という誓いも込めて。

しかし、夕闇は容赦なく、私たちから甘酸っぱい余韻を消し去っていく。私たちは、そのまま右側に折れることなく、左の道を選んで、駅に急いだ。

ほどなくして、私たちは駅に到着した。

「じゃ、近々、祝賀パーティーを開こう。ヨシエのダイエット成功を祝して」アイコがくるりと振り向いた。「あの店がいいね。ほら、あのレンガ造りのバー」

クミと私はちらっとお互いの顔を見てこっそり笑みを交わす。

「うん、そうだね、あそこにしよう」「料理がおいしいといいね」「できたら、クラスのみんなも呼びたいね」「今度こそキョウコも」「じゃ、また連絡するね」「うん」「今日は楽しかった」「私も。また、来ようね」

思い思いの言葉を掛け合いながら、私たちは駅ビルで別れた。昔は同じ電車を利用していたが、今は別々の方向だ。

アイコとクミは、手を振りながら私鉄の改札方向に消えていった。私とマキはそのままJRの改札に向かった。テナント街のショーウインドーに私たちのシルエットがうっすら映り込む。ちょっと若作りだろうかと思ったが、流行のフリルブラウスも、膝丈のフレアスカートも、紺色のロングブーツも、我ながらとてもよく似合っている。本当に、綺麗。手を腰にあて、足をずらし、私は、そっとポーズをとってみた。

ああ、なんて細いウエスト、なんて形のいいバスト、なんてすらっとした脚。しかし、その隣にいるのは。

おばさん体型の、ひどく歪んだマキの顔。その顔が般若《はんにゃ》のようにも見え、私は咄嗟《とっさ》に視線を逸らした。

＊

テーブルにずらりと並んだ料理に、私はこれ見よがしのため息をついた。

「だから、ダイエット中だって言ってんじゃない」

「でも、目標はクリアしたんだし、もういいんじゃないの？」

「何言ってんのよ。リバウンドが一番怖いってこと、お母さんだってよく知っているでしょう？　それでなくても――」今日はフルーツタルトを食べてしまったんだから。「とにかく、しばらくは、ダイエット食続けるからね」

「じゃ、せめて味噌汁だけでも飲んだら？」

「いい、ドリンク飲むから」

棚からパックを取り出すと、その中身をいつものシェイカーカップにあけ、冷水を注いでシェイクする。今日は迷わずバナナ味にしてみた。もう、半年も飲み続けているダイエットドリンク、一応五種類のテイストがあるのだが、どれもいい加減、飽きてきている。しかし、このバナナ味は他の四つよりも少し甘めに出来上がるので、気に入っていた。香りも良く、味も好みだ。シェイクし終わると、私は早速それを口に含んだ。

「うわ」

なんだろう？　気に入っていたバナナ味が、ひどく不味《まず》い。いかにも人工甘味料という不自然さが、舌にひりひり痛い。ざらざらした粉の残りも不愉快だ。さきほどのフルーツタルトが思い出される。イチゴの瑞々《みずみず》しい甘酸っぱさ、洋梨のとろりとした濃厚な味、ブルーベリーのぷちんとした歯ごたえ……。ああ、それらフルーツをふんわりと包み込む滑らかできめの細かなカスタードクリーム、さらにそれらを包み込むさくっと香ばしいタルト生地。胃から、あの至福の味が逆流してきた。それをもう一度味わおうと、自然と顎が動く。

「牛みたい」

料理を片付けながら、母が言い放つ。

「なによ」

私は、一口飲んだだけのダイエットドリンクをテーブルに叩きつけた。自分の部屋に戻ろうとドアを開けたとき、母は言った。

「どうでもいいけど、ほっぺたに、クリーム、ついているけど？」

え？　洗面台に走ると、ほんとうだ、ほっぺに、カスタードクリーム。いやだ、今まで気がつかなかった。っていうか、みんな気づいていたはずなのに、どうして誰も教えてくれなかったの？

今さっき飲んだバナナ味が、喉を上ってきた。不味い、心の底から不味い。頬のクリームを取るより先に、私はうがいを試みた。

しかし、翌日、母が用意してくれたダイエットドリンクは、ひどくおいしかった。

苦手な抹茶味だったが、ぺろりといった。やっぱり、昨日はあの悪魔のタルトのせいで、味覚が少し変になっていたんだ。よし、今日からはまた気を引き締めて、ダイエットを頑張ろう。

　とはいっても、勤めに出ると、なかなか思い通りにはいかない。あの地獄の半年間はたまたま求職中だったから自分のペースを保つことができたが、いざ仕事をはじめると、付き合いランチ、付き合いおやつ、付き合いディナー、さらに飲み会と、高カロリーが手《て》薬煉《ぐすね》引いて待っている。今日も、取引先からいただいたというシュークリームが回ってきた。昨日はロールケーキで、その前はプリン。残せばいいのだが、「やっぱりダイエットって大変ねー」などと冷やかされるのがいやで、つい食べてしまう。コンテストの様子がテレビで放送されたお陰で、私のビフォー・アフターはオフィス中に知れ渡り、みんなが興味津々で観察しているのだ。

　でも、大丈夫。一日の摂取カロリーにさえ気をつけていれば。今の美容体重を維持するには、一日約千四百五十キロカロリー。あのダイエットドリンクは一杯百五十キロカロリーだから、三食のうち一食分または二食分をドリンクに替えれば、外でちょっと食べ過ぎても、摂取カロリーはそれほどオーバーしないはずだ。

＊

でも、体重計に乗ったら、五キロ太っていた。ウエストには、きっちりと下着のあと。そういえば、ここのところ下着もスカートも、なんだかきつい。

「なんで……？」

落ち込む私に、母がドリンクを作ってくれた。「そんなの、誤差の内よ」

最近の母は優しい。以前は、「なんだか、値段の割りには安っぽいわね、これ」などとバカにして、パックに手を触れようともしなかった。でも、今は毎日のようにドリンクを作ってくれる。ようやく、私の頑張りに興味を示してくれたようだ。私は、マンゴー味のそれを、一気に飲み干した。

「そんなことより、ヨシエ。最近、顔色悪いわよ？　仕事、大変なんじゃない？」

「そんなこと、ないよ」

強がってみたが、本当は、図星だ。今の仕事は思った以上に辛い。辛いというより、自分のスキルがまったく追いついていない。加えて、みんなが好奇の目で見ている。それに、なんだか、話が合わない。世間話をする程度の交流はあるが、友達と呼べる付き合いはまだない。

ちょっと、寂しい。

そういえば、アイコたちはどうしているだろうか。パーティーを開いてくれると言っていたけれど、あれから連絡はない。もう一ヵ月は過ぎている。

いろいろと考えて、私はクミに電話してみることにした。クミはグループの世話役。おっとりしているが、グループの中では一番頼りになる。そのせいか、高校時代は〝おかあさん〟なんて呼ばれていた。彼女も彼女で自分のキャラクターをよく心得ていて、〝おかあさん〟なんてあだ名をつけられても、それをむしろ楽しんでいた。

「あ……ヨシエ」

電話に出たクミの声は、何か戸惑い気味だった。ノイズが煩《うるさ》い。

「あ、もしかして、外？」

「え？　うん、ちょっと」

「今、大丈夫？　それとも、あとでかけ直したほうがいい？」

「ううん、大丈夫。どうしたの？」

「っていうか、……あれからどうしたかなって思って」

「え？　ああ……。パーティーのこと？」

「うん、っていうか」

「今、段取りしているところなんだ。明日あたりに、ヨシエにも連絡しようと思ってた。来月の一週目の土曜日なんかどうかなって思っているんだけど。ヨシエは大丈夫？」

「うん、大丈夫」

「じゃ、たぶん、その日になると思うから、あけておいて」

しかし、その日の前々日になっても、連絡はなかった。母が作ってくれたドリンクを飲みながら、私は電話してみようかどうしようか、携帯電話を開いたり折り畳んだりを繰り返した。

「ヨシエはもうお呼びじゃないのよ」母がそんなことを言う。「だって、ヨシエはもう変わったんだし、ステータスステージも上がったんでしょう？　ということは、昔の仲間とは縁が切れたってことよ」

「煩いな。……っていうか、何よ、ステータスステージって」

「昔、ヨシエが言っていたことじゃない」

「私が？」

「そう。もう十年ぐらい昔のことかな？　グループの一人がダイエットに成功して、しかも玉の輿《こし》に乗りそうだからお祝いするんだって言っていたくせに、土壇場になって、その子だけ仲間はずれにして、みんなで集まったときがあったでしょう？」

あ。クミが、十キロのダイエットに成功して、さらに青年実業家の恋人ができたときだ。

「どうして仲間はずれにするのって訊いたら、あんた、言ったじゃない。〝あの子はステータスステージが上がったんだから、私たちとは縁が切れたのよ〟って」

そんなこと、言ったっけ？　でも、クミを除いて集まったことは確かだ。人生の成功を摑みつつあるクミを祝おうとしたはずなのに、結局それは実行されず、まったく別の日にクミを除いたメンバーだけで集まった。

＊

「クミ、痩せたはいいけど、なんかキャラ変わっちゃったよね」

「うん。なんか、ぎすぎすした感じ。昔のホンワカしたいい雰囲気がなくなっちゃった」

「お化粧も濃くなって、服だってあんなに下品になっちゃって。なんか、ガッツいている感じ？」

「そうそう、ガッツいている。男を捕まえてやるぞっていう気迫に満ち溢《あふ》れている。そんなにガッツいていると、結局は、ハズレ籤《くじ》を引くのにね」

「今の彼氏もさ、ちょっとアレだよね。クミを一度は振ったくせに、痩せて綺麗になったとたん靡《なび》いてきたんでしょう？　どうかと思うよ？　容姿だけが目当てってことでしょう？」

「そうそう、あの彼氏、なんか怪しいよね」

「青年実業家が怪しいっていうのは、昔からの常識よ」

「そういえば、クミ、こんなこと言ってた。〝私はステータスステージが上がった〟って」

「なにそれー」

「ま、確かに、そうかもね。あの彼氏、怪しいけれど、実家は相当な金持ちらしいわよ」

「つまり、私たちのような平凡な庶民とは、もう釣り合わないってことよね」

「ああ、いやだいやだ、体だけじゃなくて、心までげっそりしちゃって。昔のクミのほうが絶対によかったのに。でも、自分じゃ、そういうの、分かんないんだよね」

＊

十年前、私たちはその場にいないクミのことを、散々に憐《あわ》れんだ。いや、違う、羨ましかったのだ。羨ましくて、羨ましくて、たまらなかった。だから、クミを憐れまずにはいられなかった。

だから、今回は、私が除かれたの？　そして、みんなで私を憐れんだの？　あの日、クミに電話したとき、かすかに聞こえた駅のアナウンス。あれは、あの駅のアナウンスだ。私を除いたメンバーで、あのティールームに集まっていたの？　いや、それはきっと、パーティーの打ち合わせをしていたんだ。私を驚かせようと、いろいろと話し合っていたんだ。

私は、携帯の電話帳を開くと、クミの名前を選択した。

「あ、ヨシエ」クミは、バツが悪いというように言葉を濁《にご》らせた。続いて、言い繕うように早口で言った。「今、電話しようと思っていたの。明後日のパーティーね、予約していたお店の都合で、なんか無理っぽい」

「うん、分かった」

私は、そっと、電話を切った。母が、それ見なさいというような目でこちらをちらりと見た。

下瞼《したまぶた》が重たい。耐え切れず、ゆっくりと瞬きすると、涙が鼻の脇を流れてきた。それはやがて、私の唇をしょっぱい味でいっぱいにした。喉の奥から、何か苦いものが込み上げてくる。

友達なんか、いらない。そんな友達なら。

私は、拳を膝に打ち付けてみた。脂肪が薄くなったそこは、おもしろいように痛みが増幅する。私は、打ち続けた。

いらない、友達なんか、いらない。

「本当に？」

目を上げると、そこにはクミが立っていた。蔑《さげす》んでいるような、それとも同情するような、そんな眼差しで、私を見ている。

「私が喜んで〝おかあさん〟キャラなんかやっていると、本気で思ってた？」クミが、薄く笑う。私が黙っていると、クミは、いつもの笑窪を作って、囁《ささや》くように言った。

「私が十年前、せっかくダイエットに成功したのに、どうしてすぐにリバウンドしたか、今のあなたなら分かるわよね」

「わざと、リバウンドさせたのね」

「そうよ。私は、周囲の妬《ねた》みに負けたのよ。あの悪意にさらされるぐらいなら、以前のおかあさんキャラでもいいと、そう思ったの」

「そんなの、体型を維持できなかったいい訳じゃないの」

「そうね、いい訳かもしれないわね。そうよ、いい訳よ。でも、それが、私たちなのよ。性根《しょうね》が弱いのよ。だから、自ら、脇役キャラを選んできたんじゃない？　ヨシエの場合はむっつりデブ、私の場合は人のいいおかあさん。そういうキャラを選んだところに、私たちの姑息《こそく》な弱さが表れている。だって、そこに甘んじていれば、楽じゃない？　いつでもいい訳ができるキャラなんだから。そんな私たちが、今更主役キャラの煌《きら》びやかな看板を身に着けたところで、笑われるか叩かれるのがオチよ。ほら、あのレンガ造りのバー、あの裏側を見て、私たちが笑ったようにね。張りぼてで表面だけきれいに取り繕っても、長年培ってきた地はなかなか変えられないものなのよ」

「そんなことないよ、変われるよ、変わらなくちゃ！」

「ムリ、ムリ。無理して背伸びしても、すぐに化けの皮は剝《は》がれるものよ」

「そんなことない！」

「ね、そんなに無理しないで、肩の力抜いて。長い人生なんだから、ありのままで、仲良くやっていこうよ」

「そんな仲良しごっこの友情なら、いらない！」

テーブルを叩《たた》くと、そこにはドリンクを手にした母が立っていた。

「どうしたの、ヨシエ。おなか空いているんじゃないの？　だからイライラするのよ。さあ、ドリンク、作っておいたから」

母から手渡されたドリンクを、私は一気に飲み干した。今日は、バニラ味。バナナに次いで好きな味だ。でも、バナナよりも美味しいかもしれない。この至福の甘さ。頭の芯が痺れるような、濃厚な香り。諸々のわだかまりが、嘘のようにとけていく。

私はうっとりと、母に言った。

「おかわり」

＊

電話が鳴っている。お母さん、電話だよ。あ、そうか。買い物か。しかたなく、私はどっこらしょと腰を上げた。ふーはーふーはーと息が上がる。呼び出し音が十二回を数えたところで、私はようやく受話器をとった。

アイコからだった。あれから半年振りだ。

「ちょっと、新聞見た？」

「なに？　どうしたの？」と答えると、アイコは、早口でまくし立てた。

「キョウコ、文学新人賞を獲ったんだって！　賞金百万円。審査員の選評も載っているんだけど、みんなすごい大絶賛なの。〝超新星現る！〟とか〝二十一世紀最高の私小説誕生！〟とか、そりゃ、もうすごいのよ。これはお祝いしなくちゃね、今度の日曜日、あいている？　とりあえず、私たちだけで会って、打ち合わせしない？」

そして、日曜日。例のティールームでアイコ、クミ、マキ、そして私の四人が集まった。遅れて最後に到着したのは私だったが、私の姿を見て、誰も特には言及しなかった。

百五十五センチ、七十八キロ。私はすっかり元の姿に戻っていた。

あれからドリンクを飲み続けたが、リバウンドは止まらず、はじめは五キロ、そして十キロと順調に増え、そのあとは、ぱちーんと音を立てて箍《たが》が外れた。一ヵ月目には人差し指の指輪を小指に移し、二ヵ月目には仕舞い込んでいたジャージを引っ張り出し、三ヵ月目にはゴムウエストのスカートを新たに購入し、四ヵ月目には母のフリーサイズのカットソーを借り、五ヵ月目には小指にすら指輪ははまらず、クローゼットの中身はすべてLLサイズに戻った。残ったのは、Sサイズの服の山。これを自分が身に着けていたなんて。今となってはとても信じられない。まるで子供服だ。

どっこらしょと椅子に体を沈めると、私はメニューを早速開き、

「ミルフィーユとパンプキンプディングの盛り合わせ、そしてスコーン三つ、クロテッドクリーム大盛りで」と注文した。椅子がぎしぎしと軋《きし》む。

「キョウコ、昨日、テレビにも出てたわよね」

今日の話題の主人公は、言わずもがな、ここにはいないキョウコだった。

私たちはそれぞれ身を乗り出して、時には身振り手振りを交えて、ついにはどの言葉が誰の言葉なのか分からなくなるほど、話にのめり込んでいった。

「私もテレビ、見たわよ。なんだか、しばらく見ないうちに、ケバくなっちゃって」

「あれでも、おしゃれしているつもりなのよ」

「そう？　それにしても、自分んちの家庭不和を小説にして、大丈夫なのかしら？」

「あれは間違いなく、離婚ね、かわいそうなのは、子供。あんなふうに晒されて」

「旦那さんも、お姑さんも、気の毒よ。あんなに悪く書かれちゃって。これじゃ、もう今のところには住めないんじゃないの？」

「本人はちやほやされていい気になっているけれど、その陰で泣く人のことを考えると、どうもやるせないわね」

「それにしても、心配だわね。この持ち上げられようは。キョウコのことだから、今、ものすごく天狗になっていると思う。これで、ハシゴをはずされたら……」

「それはそれで、いいんじゃないの？　ハシゴをはずされてはじめて、その人の実力が分かるんだから。いずれにしても、今は駄目よね。今は世界一の大天才、ぐらいには思っているわよ、あの子。ブログをはじめたっていうから見に行ったら、それがもう、痛々しいの。見てらんなかったわよ」

「そうね。今はまだ様子見ね。祝賀パーティーは、また今度、ということで」

その帰り道、あのレンガ造りのバーを含む一帯は、きれいに解体されていた。フェンスが張り巡らされ、そこに貼られているのはマンションのパース。

「マンションが建つんだね」

クミが言った。クミの唇の端に、パイのカスがついている。私は迷わずそれをとってあげた。

「ヨシエも、クリームついている」

クミの指が私の頬に伸びてきた。

外はすっかり夕景色。私たちの影を長く長く伸ばしている。

「急ごう」

クミが、先を行くアイコとマキに追いつこうと、早足になる。私もそれに倣《なら》った。

三叉路、四つの影がきれいに揃った。

「ひとつ、足りないね」マキが言った。

「大丈夫だよ、きっと、戻ってくるよ」アイコが言った。

私たちは、みな同じことを考えていた。

五つの影を揃えながら、駅までの道を笑い転げながらじゃれあいながら歩いた、学生時代。

しかし、ブリキの看板があった塀はすでになく、空き地が広がっているだけだった。ここもすっかり変わってしまうね。誰かが、そう呟いた。でも、私たちだけは、あの頃のように、みんな仲良く、いつまでも仲良く、これからもやっていこうね。

＊

なにもかも、元通りだ。私は会社も辞め、近くのコンビニでバイトをはじめた。でも、それでいいのかもしれない。これが、私の素《す》の姿なんだ。下手に背伸びなんかしたって、すぐに化けの皮は剝がれる。実際、剝がれてしまった。

おなか空いた。何かないかと食器棚を開けると、ダイエットドリンクのパック詰めが零れ落ちてきた。

ああ、これ、まだこんなにあるんだ。それにしても、これ、全然駄目じゃん。アイコの言うとおりだ。リバウンドがすごかった。目標体重に達してからもドリンクを飲み続けたのに、体重は増える一方。しかも、食欲まで増進し、あっという間に元に戻ってしまった。

あれ？　これは何？

棚の奥に、何か缶が見える。引っ張り出してみると、それはコンデンスミルクだった。その横には、アーモンドパウダーもある。どちらも高カロリーな代物《しろもの》だ。

ふと気になって、久しぶりにダイエットドリンクを作ってみた。ドリンクの粉をカップに入れ、冷水を注ぎシェイクする。

不味っ。よくこんなものを飲んでいたものだ。

次に、コンデンスミルクとアーモンドパウダーを適宜《てきぎ》混ぜて、再びシェイク。

出来上がったのは、頭の芯まで痺れるような濃厚な甘い香りの、とろりと美味しそうなドリンク。それを一口飲んでみる。

あ、これ。

母が買い物から帰ってきた。ドーナツの箱と、ふたつのレジ袋、高カロリーな食材がたっぷりと詰め込まれている。

「安いから、いろいろと買いだめしてきちゃった」

母が、嬉しそうにレジ袋をテーブルに置いた。

「ドーナツも安くてね……あ」

母の視線が、コンデンスミルクとアーモンドパウダーを見つけたようだ。しかし、母はダイエットドリンクのパックだけを指差して、素知らぬふりで、言った。

「ヨシエは、私に似ているんだね。なにやっても長続きしない。でも、いいじゃない。似たもの同士、いつまでも、仲良くやっていきましょうよ」

ぽちゃっとまんまるい手で箱を開けると、母は、その中からドーナツをひとつ、摘み上げた。砂糖がたっぷりとまぶされたそれは、たまらなく美味しそうだ。

ごくりと喉が鳴る。

何か言わなくちゃいけないことがあったような気がするが、ドーナツのふわふわとした質感が、私の疑念をきれいに吹き飛ばした。

気がつくと、私はドーナツをふたつ、それぞれの手に持っていた。

「仲良くやっていきましょう」

母が、繰り返す。

私は、どちらのドーナツを食べようかと迷いながら、「うん」と頷《うなず》いた。

シークレットロマンス

別れ際に抱きすくめられた。

駅に向かう地下道、陰に引きずりこまれ、壁に押し付けられ、唇を吸われた。

甘い味がした。課長がさっきまで飲んでいたカクテルの味だ。好きな味だった。

キャラメルを求める子供のように、舌を伸ばしてみる。課長の舌も応えた。もっと、もっと。僕は甘い味のする舌にしゃぶりついた。

通行人がフリークスを見るような目で、遠巻きに眺めている。

しかし、それらの視線は抑止力にはならなかった。膝はがくがく震え、腰はいうことを聞かず、それを課長の腕が抱え上げる。

たぶん、それは時間でいえば、数秒のことだったのだろう。立っていられなくなって課長にしがみついたが、「ごめんね」と、課長は僕の体を放した。

遠ざかる課長の後姿を見ながら、僕は、欲情してしまった自分を憎んだ。そんな自分を置き去りにした課長は、もっと憎たらしかった。

「これは、冗談だ。そう、たちの悪い冗談なんだ」

課長の唾液が粘りつく唇を、僕はスーツの袖で──

＋

あれ、この匂い。

誰か、ここに来た？

それに、……なに、これ？

外回りから戻ってきた弘田加奈子《ひろたかなこ》が、席に腰を下ろしたときだった。パソコンのキーボード、その隙間になにか挟まっているのを見つけた。摘み上げてみる。

髪の毛？

二十センチはあるふわふわとした毛が、一本。明らかに、自分のじゃない。オフィスを見回してみる。最前線の斬り込み営業部隊。そのほとんどが男子社員で、どこの柔道部だといわんばかりの、短髪揃いだ。自分以外に女子社員もいることはいるが、

〝女子〟という言葉を使うのも憚《はばか》られるベテランの営業事務が二人。彼女たちも、潔いほどのベリーショート。

なら、この髪の毛、いったい、どこから？

そういえば、今朝の通勤電車、隣にいたのは長い髪の女だった。その人の髪が体のどこかについて、オフィスまで運ばれてきてしまったのだろうか。いや、違う。あの女の髪は錆色《さびいろ》で、針金のようなストレートだった。

でも、この髪は、明るい栗色で、ふわふわと波打っている。

ゆるふわパーマは嫌いではないが、誰のか分からない髪となると、なんとも薄気味悪い。加奈子は摘み上げた髪の毛をゴミ箱に放り投げた。

視線を感じて斜め後ろを見ると、森《もり》さんと目が合った。今年で四十五歳という彼女は、このオフィスの主《ぬし》だ。事務職一筋二十五年というから、途方もない。視線を戻すと、今度は前に座る澤田《さわだ》さんと目が合った。今年で三十八歳のこの女性も、ある意味、主だ。派遣からスタートして、去年契約社員に取り立てられた叩《たた》き上げ。

どうも、この二人は苦手だ。加奈子は肩をすくめた。

たぶん、いや、間違いなく、この二人は自分を敵視している。その視線には、いちいち、棘《とげ》がある。

でも、分からないでもない。なにしろ自分は総合職採用で、入社五年目にして、すでに二人の給料を追い抜いている。しかも、この若さ。ぴっちぴちの二十七歳。それに、容姿も端麗だと周囲からもよく褒められる。数時間前も、得意先のお偉がたに「その髪、いいね。似合っているよ」と褒められた。自分も気に入っている、ストレートの女子アナボブ。センスも悪くないだろう。今日のセレクトはラルフローレンのパンツスーツ。アクセントカラーはピンクストライプのブラウス。

一方、森さんと澤田さんは、二十五年間変更していないという、味気のないグレーの制服。もし、自分が彼女たちの立場だったら、妬《ねた》まないではいられない。

携帯の着信音が鳴っている。堂島《どうじま》課長からだ。ホワイトボードを見ると、池袋の得意先に行っているらしい。加奈子は、化粧室に行く素振りで、オフィスを飛び出した。

化粧室前の非常階段、私用電話をする社員たちの格好の場所となっているこの暗がりには、先客がいた。秘書室の子だ。確か、入社二年目の新人ちゃん。ここで、よく電話をかけている。

加奈子は新人ちゃんを器用に避けながら踊り場まで駆け下りた。

……あれ、この匂い。

早く出ろよと、手の中の携帯が激しく震える。加奈子は携帯のオフフックボタンを押した。と、同時に、課長の声が耳に広がる。

『加奈子ちゃん』

課長にそう呼ばれると、下半身がきゅんと疼《うず》く。そして、改めて思う。ああ、私、課長のことがこんなに好きなんだ。

『今夜の食事なんだけど――』

「うそ、信じられない！」

傍若無人《ぼうじゃくぶじん》な声が、非常階段に響き渡る。振り返ると、秘書室の新人ちゃんが般若《はんにゃ》の表情で、携帯電話を握りしめている。

「うそうそっ。そんなこと言って、あの人と会うんじゃないの？　ううん、信じられない、もう、なにも信じられないんだから！」

なにかトラブルでもあったんだろうか？　新人ちゃんの声が、ますますヒートアップする。

『加奈子ちゃん、聞こえている？』

「あ、ごめんなさい。今、聞こえなかった。もう一度、お願い」

『うん。だから、今日の食事、ダメになっちゃったんだ』

「えぇぇぇ」

今度は、加奈子が声を上げていた。

振り返ると、新人ちゃんが、般若顔でこちらを見下ろしている。そして、ぷいと、その場から離れていった。加奈子は、少しだけ声のトーンを上げた。

「でも、あのホテルのレストラン、ずっと行きたかったのに。楽しみにしていたんですよ。ディナーのあとは、ホテルの最上階のラウンジでお酒を飲んで、それから——」

部屋に行って、甘い一夜を過ごす。そもそも、誘ったのは、そっちじゃない。取引先からシティホテルの宿泊クーポン券をもらったからって。あのホテルは夜景が有名で、私、ずっと行ってみたかったのに。

なのに、なんで？

『今度。また今度、必ず行こうよ、ね』

「ちょっと、待って」

『ごめん、今から人と会わなくちゃいけないんだ、もうそろそろ来る頃だから』

「あ、ちょっ——」

＋

堂島課長の姿は、すぐに分かった。

池袋ジュンク堂三階、ウインドウ沿いの椅子に腰掛けて、文庫本を読んでいる。

「あ」

課長が、ようやく僕を見つけた。読みかけのページにしおりを挟むと本を閉じ、膝に載せる。

「やあ」

そして、会社にいるときとまったく同じ仕草で手を上げる。

どんな顔でそれに応えればいいのか分からず、僕は俯《うつむ》きながらこそこそと、彼との距離を縮める。買ったばかりの靴が、上手に前に進まない。走ってきたわけでもないのに、息が上がって、苦しい。

課長が、立ち上がった。そのネクタイが、すぐそこまでやってくる。何を言ったらいいのか分からない。言いたいことは山とあるのに、目を合わすことができない。なのに課長は、それが当然とばかりに僕の背中に手を添えて、「じゃ、行こうか」と、歩き出す。

何かを話さなくては。このまま主導権を握らせてはいけない。しかし、女子高生の集団が横切り、僕の決意は呆気《あっけ》なく散る。

「あ、じゃ、まず、これ買ってきちゃうね」

それから課長は、手にしていた文庫本を購入した。レジで領収書を依頼する課長の後姿は、少し疲れている。今日の商談は、うまく行かなかったのだろうか。


「もう、俺も歳かな」

僕たちは、四階のカフェに腰を落ち着かせた。

「なかなか、疲れがとれない」

カフェラッテをスプーンでかき回しながら課長は言った。カップを押さえる左手の薬指には、指輪はない。去年、離婚したという。その理由は知らない。

「そんなに疲れているのなら、早く家に帰ればいいじゃないですか」

僕は、皮肉を込めて、言った。

しかし、課長は僕の皮肉をきれいに流し、鈍感な笑みを浮かべるばかりで、僕をますます苛《いら》つかせた。さらに、

「君が来てくれてよかった。本当に、ありがとう」

などと、感謝までする。

客が横切る。その腰がテーブルにあたり、お冷《ひや》の中味が、少し零《こぼ》れた。

零れた水が、奇妙な形を描いている。その形に沿って、課長の顔が映りこむ。反転されたその顔は、どこか別人だ。

それとも、別人なのだろうか。

視線を上げ、課長の顔を確認してみる。唇にカフェラッテの泡がついている。胸が、変な具合で締め付けられる。

彼の体臭が、空調の流れに乗って、僕の鼻に忍び込んでくる。心臓を、ちくりと摘まれた気分になる。

課長は、カフェラッテの泡をつけたまま、微笑むばかりだ。

なんだか、不安になる。そもそも、なんで、今日、課長は僕を呼び出したのか。

「謝りたかったんだよ、昨夜のこと」

昨夜のこと。それを思い出さないように今まで感情を押し殺していたのに、課長の言葉で、一気にその記憶が放出された。

唇に、あの感触が蘇《よみがえ》る。

「昨日は、酔っていたんだ」

課長は、煙草を一本指にとった。

「ええ、そうです。二人とも酔っていたんです。それだけのことです」

僕は言ったが、この胸のちくちくはなんなのだろう？　不安にも似た、怒り。

課長は煙草には火はつけず、指にはさんだり、くるくる回したり、テーブルに軽く押し付けたり、ぐずぐずと弄《もてあそ》ぶだけで、僕の不安はますます深まった。

なのに、課長は相変わらず無邪気に笑っている。その唇についたカフェラッテの泡をとってあげたい衝動に駆られ、僕は、右手を課長の方に伸ばした。

でも、すぐに手を引っ込めた。

ダメだ。ここにいちゃ、ダメだ。

「ダメだ」

僕は、勢いをつけて、席を立った。

なのに、課長は、僕の腕を摑《つか》んだ。

「ダメだ。決着はまだ、ついてない」

「決着？」

「そうだ。彼女の件だ」

「信じられない、どたキャンなんて」

＋

部屋に戻るなり、加奈子はパイプベッドに身を投げ出した。スプリングが、安っぽい音を立てる。それを直接耳で感じながら、加奈子は、それを見つけた。

あれ、また、髪の毛？

ふわふわの長い栗毛が一本、カーテンに貼り付いている。……たぶん、オフィスで見つけたのと同じやつだ。

髪の毛だけじゃない。この部屋に戻ってきたときから、違和感ははじまっていた。ドアを開けたとき、いつもとは違う匂いがした。馴染みのない匂いだったが、まったく知らない匂いでもなかった。どこかで、かいだ匂いだ。

留守中に、この部屋に、誰かいた？

もしかして、課長？

加奈子が、上司の堂島とただならぬ仲になったのは、半年前。企画室から営業部に異動になったときだ。声をかけてきたのは、堂島のほうだった。どうってことのない十人並みの四十男だが、離婚したばかりの課長には、なんともいえない色気が漂っていた。ああ、これが離婚男特有のもてフェロモンかと思っている間に、距離がどんどん近づいていき、気が付いたら同じベッドで体を合わせていた。それから秘密の交際がはじまったが、しかし、最近はすれ違いも多い。今日もキャンセルを食らった。

……でも、それを反省した彼が、ここにやってきた？

違う。課長の髪は剛毛で、スポーツ刈りだ。さらにこんな匂いのコロンもつけていない。

そもそも、これ、コロンじゃない。これはたぶん、香水の匂いだ。自分がつけているのとは違う。なら、何かの残り香《が》かしら？ と、着ている服を嗅いでみるが、違う。なんだろう？ どこからするんだろう？ 隣の部屋？ それとも、外？

そんなことを考えながらパソコンを立ち上げると、また、違和感に襲われた。きっちりと電源を切ったはずが、スリープモードになっている。……それとも、電源を入れっぱなしにしていたのかしら。ううん、確かに、昨夜――。

いつものようにブラウザを開くと、違和感はいよいよ本格的なものになった。身に覚えのない閲覧履歴が残っている。

体が大きく震えた。

間違いない、この部屋に、誰かいたんだ。

誰？　いったい誰？　恐怖と不安で悲鳴を上げそうになったが、それを必死で抑える。

——冷静になるのよ。ここは冷静に、状況を見極めるの。まず、やらなくちゃいけないことはなに？　そう、パソコンよ。パソコンを見られたのよ。もしかしたら、そこになにかヒントがあるかも？

誰がここに来たのか当たりをつけるために、「誰か」が閲覧したと思われるサイトにアクセスしてみる。

それは、個人のブログだった。本名こそ隠されているが、無防備にも、本人の画像がでかでかとアップされている。

それは、見覚えがある顔だった。

というか、知っている顔だった。

「幹也《みきや》？」

そうだ、広告部の本宮《もとみや》幹也だ。加奈子の同期であり、かつての恋人。といっても、三カ月で別れたが。俺様な物言いと自己中心的なナルシスト振りについていけなくなったのだ。それからは、会社でもなるべく会わないようにしている。もちろん、合鍵だって、返してもらった。

「なのに、幹也が、ここに来た?」

そうだ。幹也だ。幹也が来たのだ。鍵をコピーされたのだ。あの髪の毛も、幹也のものだ。だって、ほら、このブログの画像、栗色のふわふわヘアー。髪を短くしろと上司にも散々注意されてきたのに、いまだにこのフェミニンスタイル。表参道のヘアーサロンで仕上げてもらったに違いない。

ああ、信じられない! あいつのそういうところが、嫌いで別れたのに! 見た目は爽やかなイケメンのくせに、その中身はどろどろのぐっちゃぐちゃ。しかも、人の部屋のパソコンで、自分のブログを確認するなんて、どんだけナルシスト! どんなときでも自分の評判が気になって仕方がないんだ。もう、本当に信じられない! というか、今さら、私になんの用なわけ?

+

なんで、僕は、こんなところまで、のこのことこの人についてきてしまったのだろう?

そうだ。決着をつけるためだ。あのまま別れたら、僕は、間抜けなアンダードッグだ。

「まだ、彼女と会っているの？」

課長の細くて長い指が、何か企みを孕《はら》みながら、テーブルの端をとんとんと、叩く。

ウインドウの外は、目がくらむほどの夜景。

僕たちは、周囲にはどう映るだろうか。天空のラウンジ。昼間なら、商談で訪れるスーツ姿のビジネスマンも珍しくないだろうが、終電が気になるこの時間、響くのは、恋人たちの甘い囁《ささや》き声だけ。愛を語る恋人たちにとっては、もはや終電は気にならない。なぜなら、彼らが今夜過ごすのは、このホテルだからだ。

僕たちは、他にはどう映るだろうか。

僕は、そのことばかりを考えている。なのに、課長は、「彼女」のことばかりを気にしている。

「ええ、今も彼女と会っています」

僕は、なぜ、こんな嘘をついているのか。答えは簡単だ。テーブルを叩く課長のその指を、もっともっと、苛つかせたいからだ。

僕は、課長が思っているほど、いい部下ではない。僕は、意地悪なんだ。課長が、加奈子と付き合っているのは知っている。だから、課長は、昨夜、僕にあんなことをしたんだ。そう、あれは卑劣な嫌がらせなんだ。そして、今日も「謝りたい」なんていう口実で、呼び出したんだ。加奈子の元カレである僕のことが気になって仕方ないんだ。課長は、僕たちがまだ続いていると、思っている。

「髪、気になるの？」

「え？」唐突な課長の言葉に、僕は、指に絡ませた髪を、咄嗟《とっさ》にほどいた。

「……あ、すみません。無意識にやっちゃうんですよ。彼女にも、よくナルシストってバカにされてました」

課長の指が、ぴたりと止まる。「彼女」という単語に、反応したか。

「ナルシストか。彼女はなにも分かってないな」課長の唇が、ふと、綻《ほころ》びる。「ヘアスタイルが気になって髪の毛を頻繁に触るのは、目の前の人に、自分をよりよく見せたいと思っているからなんだよ」

課長の目が、獲物を捕らえる猛禽類《もうきんるい》のようにじっとこちらを見ている。僕は気の利いた受け応えをしようと思うのだが、「へー」とか「はぁ」とか、そんな気の抜けた返事しかできない。

「特に何も思っていない人の前では、髪を触る回数は極端に減るんだ。どういうことか、分かる？」

「はぁ？」

「君は、俺のことを、意識しているってことだ」

一瞬、何を言われているのか分からなかった。が、その意味を悟り、体温が一気に上昇する。

「そう、君は、俺を意識している。違う？」

なにを言っているんだ、この人は。笑い飛ばそうか、それともなにか言い返そうかと思うのだが、僕の頬は熱くなるばかりで、僕は、まるで少女のように俯いてしまった。

課長の視線が、ますます鋭く僕を射る。僕はそれを直視できなくて、カクテルグラスを引き寄せた。

「好きだ」

「は？」

「だから、君のことが好きだと言っているんだ」

「ああ、それは、ありがとうございます。上司に気に入られるというのは、悪い気はしません」

僕は、ようやく反撃態勢を整える。一回りも年上の上司を前に、僕は、不躾《ぶしつけ》に足を組む。

「僕は、どちらかというと、嫌われてますからね、上司たちに。課長だって、本当は生意気なヤツだと思っているんでしょ？　僕のこと」

「そうだね。君は、生意気だ。君を見ていると、いちいち、気持ちがかき乱される」

「だから昨夜はあんな冗談をかまして、今日はお説教ですか？」

「ああ、じっくり、説教をしたいね」

「でも、パワーハラスメントは御免ですから。そんなことをしたら、僕、出るとこに出ますよ？　泣き寝入りなんか、しませんから」

「泣き寝入り？」

課長の指が、僕のカクテルグラスに触れる。それは躊躇《ためら》いながらも、ついには、僕の指先にたどり着いた。

＋

「……髪の毛？」

パソコンデスクに、また、髪の毛を見つけた。ふわふわの髪が、一本。いや、二本、いや、三本……。

ふと視線を動かすと、フローリング床の隅に、なにか黒いものが見えた。

ゴキブリ？

……違う。じゃ、何？

よく見ると、黒い点のようなものが、あちこちにある。

なに？　加奈子は、メガネを探した。最近、どうも近視が進んでいる。会社ではまだなんとか裸眼で頑張っているが、部屋のこの暗い照明だと、霞《かす》んで見えないときがある。

メガネ、メガネ……どこにやったかしら？

かた。

今、何か音がした？

加奈子はようやく気が付いた。この、違和感。部屋に戻ってきたときからずっとまとわりついている違和感。

この部屋に、誰かいる。

かた。

また、音がした。

それは、クローゼットからだった。

まさか。もしかして。

幹也、クローゼットの中に、隠れている?

＋

「好きだ」

課長は、改めて言った。彼の指が、僕の爪をじらすように撫でる。

「だから――」

「君のことが、性的に好きだと言っているんだ。加奈子はカモフラージュだ。本命は、君だ。ずっと君に欲情している」

課長は、僕に視線を注ぎながら、一気に言葉を吐き出した。

「ですから、低俗な冗談はやめてください」

そう、これは、冗談だ。それとも、嫌がらせの続きか。こうやって僕を翻弄して、楽しんでいるんだ。なんていうサディスト。なのに、僕は、カクテルグラスから指を離せないでいる。その指には、課長の指が絡んでいる。

ウインドウの外、僕を乗せるはずの最後の電車が、西に向かって走り出すのが見える。

「終電、行っちゃったね」

課長は、カクテルから指を離すと、再び、テーブルを叩きはじめた。それは、カウントダウンのように、僕に決断を促す。僕は、組んでいた足を解いた。

僕は、どうすればいい？　僕は、どうしたい？　終電は行ってしまった。なら、このホテルに泊まるしかない？　課長と？

唇に、昨夜の甘い香りが蘇る。僕は、処女のようにか細い溜息を立て続けに吐き出した。

「タクシー、捕まるかな？」

なのに、課長はそんなことを言った。僕は、おやつを取り上げられた子供のように、唇をきゅっと噛む。

バカだ。僕はいったい、なにを期待していたんだ。自己嫌悪で、僕はもはや、立つこともできない。

バカバカしい。やっぱり僕はこの人に弄ばれているんだ。パワーハラスメント、いや、これじゃセクハラじゃないか。僕の見た目がこんなだから、ゲイだと思っているんだろう。でも、違う。僕は男だ。女の体しか受け付けない、れっきとしたヘテロだ。……屈辱だ。こんな屈辱ってあるだろうか？　殴ってやりたい衝動が沸き上がったが、それでは課長の思うつぼだ。この人は、僕が取り乱すのを喜んでいるだけなのだから。下手《へた》に立ち向かってはいけない。逃げ出すのもまた、攻撃だ。

カクテルを飲み干すと、僕はカバンから財布を取り出して、一万円札を引き抜いた。

「自分の分、これで足りますよね？」

それはもちろん、充分に足りる金額だった。課長の視線が何か言いたげだったが、僕は椅子の脚を軽く蹴りつけ、立ち上がった。「では」と目も合わさずに、駆け足でエレベーターホールに向かう。

追いかけてきても無駄ですからね。僕は、もう課長のお遊びには付き合っていられませんから。

しかし、課長は追いかけてこなかった。いくつか靴の音が通り過ぎたが、どれも見知らぬ人のものだった。

エントランスに下りても、僕はぐずぐずとするばかりで、次の行動に移れずにいた。

僕は、バカだ。本当にバカだ。僕は、いったい、どうしたいんだ。なんだよ、涙まで出てきた。

頬の涙を拭おうと腕を上げたところで、強い刺激を感じた。見ると、がっしりと大きな手が、僕の腕を捕まえている。

「幹也」

課長だった。

「幹也、帰らないでくれ」

僕は、考えるより早く、課長の袖にしがみついた。

十

ぎぇぇぇっ。

そんな声を上げると、加奈子はその場に蹲《うずくま》った。

クローゼットの扉を開けたときだった。惨状を目《ま》の当たりにした加奈子は、腰を抜かした。

ラルフローレンのブラウスが、ドルガバのスーツが、バーバリーのコートが……すべて切り裂かれている！　どれもアウトレットで買ったものだが、総額にすれば結構な値段になる。

「信じられない！」

加奈子は、改めて声を上げた。

幹也だ。

幹也がやったんだ。

なんで？　ちゃんと話し合って別れたでしょう？　恨みっこなしってことでかたがついたでしょう？　なのに、なんで、今さらこんなことをするのよ。それとも、私にまだ未練があるっていうの？

そんなことより、この臭い。香水。そうだ。この部屋に戻ってきたときからずっと鼻腔を刺激し続けていた、この甘ったるい臭い。クローゼットからしてたんだ。それだけじゃない。他にもなにか異臭がする。なにか生臭い、不快な臭い。

なんの臭い？　加奈子は、目を凝《こ》らした。その視線は、すでに一点に注がれている。クローゼットの奥に、なにかがある。

ぎぇぇぇっ。

加奈子は、再び声を上げた。

＋

半ば強制的に部屋に連れ込まれると、課長は荒々しく僕を抱き寄せた。

課長の唇が、僕の唇に吸い付いてくる。粘りの強い唾液から、煙草の匂いが立ち込める。僕は、薄れゆく理性をかき集めて課長の頭を払いのけようとしたが、いくら払っても課長の唇が執拗に追いかけてくる。

あ……ん。

課長の唇が、とうとう、僕の唇に追いついた。僕は最後の足掻《あが》きを試みるが、すでに課長の舌が僕の口を塞いでいる。

もう、僕はこの人から逃げられないのだろうか。いったい、どこで間違ってしまったのだろうか。

課長の熱い舌が、僕の歯茎《はぐき》を激しくそして優しく撫でる。快感が、口の中いっぱいに広がる。快感は内臓を走り、やがて、僕の局部にたどり着いた。

体が激しく軋《きし》む。

＋

クローゼットの奥、黒い塊《かたまり》が見えた。ゴキブリ？　……違う。それは、何か得体の知れないヘドロのような塊だった。……なに？　なに？　恐怖と好奇心の鬩《せめ》ぎあいの中、加奈子は、ぎりぎりまで視線を近づけてみた。焦点が合うまでにそう時間はかからなかった。が、それを認識するには、数秒の時間を要した。

血？

血！

そして、切り刻まれたミュウミュウのバッグがごろりと、棚から落ちてきた。

鳥肌が全身を覆う。

「なんなのよ、なんなのよ！」

こうなると、冷静に状況を判断しようなどという次元ではない。感情が先走る。加奈子ははぁはぁと息も切れ切れに匍匐《ほふく》前進で玄関先まで行くと、バッグから携帯電話を引きずり出す。

そして、堂島課長の番号を表示させた。

＋

あ、あ、あーっ。

僕は、接吻だけで、いかされてしまった。

羞恥の塊と化した僕の体を、課長はなおも執拗に嘗《な》め回す。

そしてその舌はとうとう、そこにたどり着いてしまった。

射精をしたばかりの僕のそこは、恥ずかしくなるぐらいくたびれ切っている。

両足の付け根にきゅっと力を込めて、課長の侵入を阻もうとするが、課長は容赦なかった。淫汁に塗《まみ》れた僕の秘所をこじ開ける。

あ……うん……。

自分でも驚くほど、甘い吐息が零れる。

僕は、手の甲で、唇を押さえ込んだ。

そんな僕をさらに虐《いじ》めるかのように、課長は僕の髪を荒々しく、そして優しく愛撫する。

「きれいだ、なんてきれいな髪なんだ。ああ、幹也、幹也——」

課長の手が、僕の髪を執拗に愛撫する。でも、そこじゃない。僕の劣情は、もっとその先の行為を欲しがっている。僕は、呻《うめ》くように言った。

——あ……あ、もっと、もっと……。

「どうして欲しいの？」

課長の意地悪な問いに、僕は自ら脚を広げた。

ああ、もっと、見て、僕のすべてを、僕の奥の奥を……。

「幹也、君は本当に淫《みだ》らな男だ」

僕の秘密の蕾《つぼみ》を眺めながら、課長は突き放すように言った。だけど、その息は熱い。朝露に濡れる蕾のように、そこがひくひくと開花の準備をはじめる。

「本当に、いやらしいな、幹也は。こんなになっちゃって。他でも、こんな痴態を晒《さら》すのかい？」

違う、僕はそんな男じゃない。……今だけだ、課長の前だけだ、課長だから、僕はこんなに……。

課長こそ、どうなんだ。他のやつにも、こんなことを？　こんないやらしいことを。別れた奥さんとは？

「あいつとは、ずっとセックスレスだった」

……だったら、加奈子とは？　加奈子の髪もこんなふうに愛撫して褒めたの？　加奈子の秘所も、こんなふうに強引にこじ開けたの？　そして、あふれ出る愛液をその指で掬《すく》い取ったの？

僕の中に、経験したことがない熱風が、通り過ぎた。

それは、きっと、嫉妬だ。

＋

課長、堂島課長、出て、お願い、電話に出て！

加奈子は、携帯電話をこれ以上ないというほど強く握りしめながら、叫んだ。握りしめた手からは、汗が滴《したた》り落ちる。

透明なはずの汗の滴《しずく》、しかし、床には次々と赤い点が描かれる。

なんで？

恐る恐る手を広げてみると——。

加奈子は、三度目の悲鳴を上げた。

＋

着信音が遠くで鳴っている。このメロディは、僕のじゃない。

課長の舌の動きが止まった。視線が、ふと、僕から離れる。

いやだ。

課長、堂島課長、僕だけを見てください、僕だけを！

僕は、課長にしがみついた。

課長の視線が、僕に戻る。

「幹也」課長の唇が、僕のうなじをねっとりと撫でる。「俺は、いつでも、君だけを見ているさ。でも、君の心は邪心に溢《あふ》れているね」

邪心？

「今でこそ、君は快感の波に溺れ、こうやって俺にしがみついているが、明日になったら分からない。いや、快感が過ぎれば、君は涼しい顔をしてこのベッドを下り、俺を置き去りにするんだろう？」

課長の指が、再び僕の蕾をいたぶりはじめた。

あ……は……ん、課長、課長！

「君は、悪魔だ。俺をこれほど夢中にさせて、なのに、今の今まで俺には見向きもしなかった。俺の気持ちなど、ずっと前から知っていたくせに」

は……っ、う……ん、僕だって、僕だって、ずっと前から課長のことが……。

「俺に見せつけるように、加奈子のような女と付き合いはじめて、俺を苦しめた。あの、尻軽女と」

あっあっあっあっあっー。……か、加奈子と付き合えば、課長のことを忘れられると……だから、僕は……あ、あーっ、課長！

「あの女とは、どんなことをしたんだ？　こんなことか、それともこんなことか？」

や、やめてください、課長、そこは……はぁぁぁぁっ！

「なんて淫らなんだ、君の蕾《つぼみ》は。君のこんな姿、誰にも見せたくない、……誰にも渡したくない、俺だけの、幹也」

はっはぁぁぁぁぁ！

＋

携帯電話が、ずるりと手から滑り落ちる。

加奈子は、改めて、視線を手のひらに近づけてみた。

やっぱり、血だ。で、でも。……どこから？

かた。

また、音がした。

クローゼット？　違う。浴室だ。

その気配を追って、洗面台横の浴室に視線を向ける。照明をつけていないそこは暗がりで、ハンガーにかけた赤いタオルだけが、ぼんやりと浮かび上がっている。

赤いタオル？　うそ。

私、赤いタオルなんて、持ってない。私が持っているタオルはすべて白。

じゃ、……あれは、なに？

その、なんだかよく分からない赤いものから、なにかが滴っている。それは壁と床を汚しながら、細長い一本の筋を作っていた。見ると、それは、加奈子がまさに蹲っている場所に繋がっている。

加奈子は、もう何度目か分からない悲鳴を上げた。

あっあっあーっ。

僕は、喘《あえ》ぎとも呻きともつかない声を、上げ続けた。

「幹也、幹也、俺だけの幹也」

そう呟《つぶや》きながら、課長が、僕の首を絞めている。

その行為は、はじめのうちはある種の快感を呼び起こし、僕は何度か気を失った。

ドラッグというものをやったことはないが、たぶん、これがトリップというものだろう。酸欠状態に陥った脳とは裏腹に、僕の蕾は見事に開花し、そして肉茎はきりきりと漲《みなぎ》る。

殺して、殺して、このまま殺して……。

そして、僕はまた意識を手放した。

——音。

音がしている。

聞き覚えのある、音。

……ああ、そうだ。これ、呼び鈴《りん》だ。誰かが、呼び鈴を押している。

誰？


「加奈子ちゃん、加奈子ちゃん」

頰に幾度目かの刺激が過ぎ、加奈子はようやく瞼《まぶた》をゆっくりと開けた。

朝霧のように霞《かす》んだ視界に、懐かしい顔が浮かんでいる。

……課長？　堂島課長？

「加奈子ちゃん、どうしたんだ？」

ああ、やっぱり、課長。

「携帯に着信履歴があって。折り返したんだけど、出ないから、心配になって来てみたんだ」

ああ、ありがとう。やっぱり、課長は優しいのね。私のこと、気にかけているのね。

でも、課長、どうやって、ここに入ってきたの？　そうか。課長にも合鍵渡してあったっけ。

合鍵。……合鍵！

重要なことを思い出して、加奈子は、課長のネクタイを摑んだ。

「幹也が、幹也が……」

「幹也？」

「だから、本宮幹也よ！」

「ああ、広告部の。……で？」

「幹也とは三ヵ月ぐらい付き合ってたんだけど、あまりに自己中でナルシストで、しかも浮気性で、ついていけなくなって別れたのに、あいつったら、合鍵のコピーをとって、この部屋に侵入して、ラルフローレンが、ドルガバが、バーバリーが、……ミュウミュウが！」

「加奈子ちゃん、……加奈子ちゃん、落ち着いて……ひぃっ」

ネクタイをぎゅうぎゅうと引っ張られ、堂島は隙間風のような悲鳴を漏らした。

ネクタイに絡みつく加奈子の手をどうにかこうにか解くと、堂島は、少しだけ加奈子から距離をとる。

そんな堂島を加奈子は追いかけてくる。

「髪の毛……クローゼット……血……浴室……タオル……!」

加奈子の手が、再び堂島のネクタイに伸びてきた。それを右に左にかわしながら、堂島は、混乱の極みにいる恋人をどう扱えばいいのか、考えを巡らす。抱きしめればいいのか、それとも、警察を呼べばいいのか。

いずれにしても、何かが起きているのだ。なにしろ、加奈子は玄関先で、気を失っていた。その手は血塗《まみ》れで、見ると、フローリング床もところどころ血で汚れている。なにより、この臭い。これは、ただごとではない。

「タオル、タオル!」

加奈子が、敵を威嚇《いかく》する犬のように唸《うな》る。

「タオル? タオルがどうしたの?」

加奈子が指差す方向を見ると、そこは、浴室だった。

一度、加奈子と一緒に入ったことがある。はじめて、この部屋に来たときだ。はじめて加奈子の裸体を見たのも、あの浴室だった。……なんていう甘い回想をしている場合ではない。

あの浴室がどうしたというのだ。

あ、タオル。赤いタオル？

そのとき、堂島の記憶が反応をはじめた。

あ、これと似たような状況、前にも経験がある。

そうだ。ちょうど一年前。まだ、離婚前のことだ。家に戻ると、妻が半狂乱で喚《わめ》き散らしていた。そして、浴室を見ろと煩《うるさ》い。行ってみると、そこは血だらけで、……切り刻まれた動物の死体が転がっていた。妻が可愛がっていた、鸚鵡《おうむ》だ。それ以来、妻の精神状態は尋常ではなくなり、とうとう離婚に至った。

そうだ。あのときと、まったく同じだ。

堂島は、薄闇の中、ぼんやりと浮かぶ赤いタオルを見つめた。

堂島の中の警告ランプが激しく点滅する。それを見るな、そこに行くな、それに触るな！

しかし、堂島の体は、得体のしれない何者かに突き動かされるように、そこに向かった。

それは、五歩もあれば充分な距離だった。

が、そこにたどり着いたとき、五十メートルを全力疾走したような疲労感が、膝を直撃した。がくがくと膝が震え、今にもそこに崩れ落ちそうになる。

照明がついていないそこは、なにもかもがあやふやな輪郭だった。堂島は、照明をつけるかそれともこのまま逃げ出すかの二者で迷ったが、タオルを触ってみるという第三の選択肢を選んでいた。

それは、なんともいえない感触だった。が、はじめて経験する感触でもない。ひどく、日常的な感触。

……髪の毛？

しかも、濡れた髪の毛。

……血！

意識が、鼻から抜けそうになる。が、堂島は、どうにか自分を奮《ふる》い立たせた。

かたっ。

何か、音がした。

もう、間違いない、この浴室に、誰かいるのだ。

その気配は、ずっと前からあった。

そう。この部屋の扉を開けたときから、ずっと。

振り返ると、加奈子が、怯《おび》えた目でこちらを見ている。その強い視線は、逃げ出すなとも言っている。男でしょ、なんとかこの場を解決してよ！　とも言っている。

堂島は、扉のノブに手をやったりひっこめたりを三回ほど繰り返した末に、とうとう、扉を開けた。

＋

ああ、課長、堂島課長、僕は、貴方《あなた》になら、殺されたっていいんです。

どうか、この甘い快感の渦の中に、僕を沈めてください。

ああ……ああ、課長、僕、僕、イク……イっちゃう——。


「ね、ここで、イっちゃうのはどうかと思うんだけど？」

横から言われて、澤田千恵《ちえ》は、「やっぱり、そうですよね」と苦笑しながら応えた。

「そうよ。もっと虐めようよ。虐めて虐めて、虐め抜くの。そのほうが、萌えるわ。これじゃ、まだ、早すぎる」

そう、鼻息荒く主張するのは、森真知子《まちこ》。このオフィスの主《ぬし》でもあるこの人に、逆らえる人はいない。千恵は、デリートキーを数回押して、たった今打ち込んだ文章を削除した。

「でも、この展開、悪くないよ。抵抗しつつも強引な上司に溺れていく生意気な部下。……たまらないわね」真知子は、洗ってきたばかりのお弁当箱をしまいながら、うんうんと何度も頷いた。そして、

「じゃ、続き、楽しみにしているから」

と、歯磨きセットを手にすると、化粧室へと消えていった。

千恵が、ランチ時間の暇つぶしに小説を書きはじめたのは二年前、派遣社員の頃だった。

きゃっきゃっとランチのおしゃべりを楽しむような時期も過ぎ、だからといって読みたい小説や雑誌がそうそうあるはずもなく、ぼぉとしていても周囲に変に思われるので、頭の中の妄想を文章にすることを思いついた。

そんなことをするのは、高校生以来だった。高校生のときも、つまらない授業の時間をやりすごすために、妄想をノートに書き散らしていた。妄想の対象は、クラスメイトだったり先輩だったり教師だったり通りすがりのサラリーマンだったり、またはアイドルだったり。いずれも、すべて男性だった。男性どうしのめくるめく恋愛。

それまでは、頭の中にきっちり鍵をかけて、決して外に漏れださないように注意を払っていたが、一度ノートに書きだしたら、止まらなくなった。しかも、それを隣に

座っていた女子に見られてしまった。人生終わったと自殺まで考えたが、不意打ちの大絶賛。

「うそ、これ、めちゃおもしろいんだけど！　もっと読みたいんだけど！」

図に乗った千恵はそれからも授業そっちのけで次々と妄想でノートを埋め尽くし、それはいつしかクラス中の女子の知るところとなり、ノートは彼女たちの楽しみのひとつとなった。

「次はどうなるの？」

「次は、いつ？」

多くの人間から次を期待される快感。

しかし、そんな妄想も高校卒業とともに薄れ、千恵は普通の社会人として世間に埋没していったが、妄想が完全に涸れたわけではなかった。

あるとき、千恵の妄想が唐突に湧き出した。

それは、堂島課長と、ロン毛のイケメン社員のやりとりを見たときだった。課長の営業方針にいちいち逆らう、広告部の本宮幹也。

千恵の妄想が、だだ漏れをはじめる。もう抑えきれない。

千恵は、暇つぶしも兼ねて、それをパソコンで文章にしてみた。

それを見ていたのが、たまたま通りかかった、森真知子。彼女の食いつきは、ただごとではなかった。それまで仕事以外にしゃべったことがない彼女が、なにかと声をかけてくるようになった。千恵が仕事で失敗しても笑顔でフォローしてくれ、おやつの時間には差し入れまでしてくれる。

森真知子は勤務歴が長いだけあって、同じような趣味を持つ女子社員をみごとに把握していた。千恵の妄想は、あれよあれよという間に会社中の同志たちに配信されていった。

正確な数は分からないが、同志は、全社で百人は下らないと思う。何万部と売っている市販の小説に比べればそれは微々たるものだが、千恵にとっては、大切な読者であった。

彼女たちの期待は裏切れない。

彼女たちの喜びの感想をもっと聞きたい。

彼女たちが求めているのは、課長と幹也の美しくも淫らなシークレットロマンス。

二人は、数々の障害を乗り越えて、愛の絆を強めていく。

一番の障害は、堂島課長の妻だった。恐妻家の課長は、この鬼嫁に頭が上がらないらしい。課長にはランチ代を五百円以内に収めるよう釘を刺しているくせに、ペットの鸚鵡には何千円もするフードを与えているという。

女子社員たちにまじってワンコインランチを買い求める堂島課長なんて、絵にならない。なんとかしなければ。

そう言い出したのは森真知子で、有言実行がモットーの彼女は、なにをどうしたのか、あの鬼嫁を首尾よく退治した。……まあ、なにをやったのか想像はつくが。まさに、自分も同じようなことをしようとしていた。

離婚した課長は案の定、いい感じになった。変な色気がでてきて、女子社員たちも色めき立つ。同じ職場の弘田加奈子なんか、見ているほうが恥ずかしくなるぐらいの猛アタック振り。

「あの女、邪魔よね？」森真知子はそう顔をしかめたが、「そんなことないですよ。障害はあったほうがいいです。それに、加奈子がいると、話がいい感じで転がるんですよ。なかなか貴重なキャストです」

千恵はそのときはそう応えたが、

「だからといって、障害ばかりじゃ、かえってテンション下がっちゃうのよね」

と、千恵は、しばし、ディスプレイを見つめた。

「障害は、あのブランド女の、弘田加奈子だけで充分。お邪魔虫は、二人はいらない」

そう、千恵の最近の悩みは、幹也が秘書室の新人、吉本《よしもと》エリナと付き合いはじめたことだった。栗色のゆるふわパーマが自慢の、香水つけすぎのバカ女。彼女は、加奈子と幹也がよりを戻しているんじゃないかと疑って、このオフィスにもちょくちょく偵察にやってくる。

昨日も、書類を届けに来た振りで、加奈子のデスクをあれこれ物色していた。

ああ、まったく。あの子は本当にお邪魔虫。あの子がいると、課長と幹也のシークレットロマンスが、ただの男女のどろどろになってしまう。これじゃ、誰も喜ばない。ドラマツルギーとしても、余分なキャストだ。

「よし、こいつは削除」

そう思い立ったのは、昨日。

帰り際、会社のエントランスで、エリナがぶつかってきたときだった。

謝りもしないで、それどころか人を見下した調子で舌打ちをしたエリナ。なにか一言いってやろうと、千恵は彼女の後を追った。

が、彼女との距離はなかなか縮まらず、とうとう、彼女の自宅マンションまでついてきてしまった。

いや、違う。

その部屋の表札には、「弘田」とあった。

弘田加奈子の部屋？

なのにエリナは、まるで自分の部屋のように鍵を取り出すと、何食わぬ顔で施錠を解除した。たぶん、合鍵だろう。幹也が持っていたものだろうか。しかし、合鍵まで準備するなんて、とんだストーカー女だ。

いや、ただのストーカーではない。頭のいかれた女だった。エリナは部屋に入るなり、小さなナイフを振り回しながら「幹也はどこ？」とか「幹也は渡さない！」とか「幹也を返して！」とかなにか奇声を上げはじめた。かと思えば、パソコンを立ち上げたり、クローゼットを開けたり、もう、やりたい放題だ。挙げ句、持っているナイフで加奈子の服を切り裂きはじめた。あまりに興奮しているのか、ナイフはときおり自身の腕や顔や髪にもあたり、ぱらぱらと、血に汚れた髪が床に散らばる。

そんな調子で、トイレから浴室まで、扉がついているところをかたっぱしから確認しだした。そのたびに「幹也、いるんでしょ！」とか「出てきなさいよ！」とか、どす黒い声を吐き出す。

まさに、般若。というか、安い昼ドラの展開だ。

一部始終を、ドアの隙間から見ていた千恵は、抑えきれない衝動に駆られた。

「見てらんない。こんな下品な般若女を、私のシークレットロマンスに登場させるわけにはいかないんですけど。即、削除しなくちゃ」

音も立てずに部屋に入ると、千恵は、まずはキッチンに寄り、包丁を探した。

エリナは、浴室で奇声を上げ続けている。

千恵は、デリートキーを押すように、その顔に包丁を振り下ろした。


「堂島課長と弘田加奈子くんは、まだ出社してないのですか?」

企画室の室長が、銀縁メガネのブリッジを指でくいと押し上げながら、やってきた。我が社はじまって以来のスピード出世の彼は、まだ三十五歳。エリート街道まっしぐらの彼は背もすらりと高く、女子社員たちの憧れの的だ。

「ええ、すみません、携帯と自宅の固定電話に連絡しているんですけれど、二人とも出なくて」

そう対応したのは、今年四十歳の営業主任。背は低いが、がっしりとしたスポーツマンタイプ。高卒だがその人柄と仕事の的確さで、女子社員からの評判もいい。

「あら、課長と弘田さん、まだ連絡とれてないの?」

歯磨きを終えた森さんが、席に戻ってきた。

「どうしちゃったのかしらね」

そう言われて、千恵は、

「ええ、本当にどうしちゃったんでしょうね」

と、心配そうに応えた。

でも、見当はついている。あの二人、エリナの血塗れの死体を浴室で見つけて、きっと卒倒したまま、今も気を失っているのだろう。

ちょっとやりすぎたかもしれない。

課長と付き合いはじめて調子ぶっこいている弘田加奈子にお灸をすえる意味で、エリナの頭部から髪を切り取り、それを浴室前のハンガーにつるしておいたのだが。

まさか、これがトラウマになって、会社辞めたりしないかしら。

加奈子が辞める分にはいいけど、課長まで辞められたら、困るわ。

でも、まあ、いいか。

妄想の対象はいくらでもいるんだから。

千恵は、なにやら話し込む企画室長と営業主任のツーショットに思いを馳せた。

初恋

私が、その感情を〝恨み〟だと理解するには、いくつかの出来事を経験する必要があった。

少なくとも、それまで私は、それを〝恋〟だと信じていた。

いや、恋という前提があったからこそ、煮えたぎるような恨みが生まれたのだ。それは、まさに、天使と悪魔の関係だ。天使が神の光ならば、悪魔は神の影だ。つまり、天使も悪魔も〝神〟のシルエットに過ぎない。ならば、神の本質はなんだろうか？

そんな途方もないことばかりを考えていた私は、中学の二年生、十四歳だった。

1

三浦琢磨《みうらたくま》は、そのノートを静かに閉じた。まだ、手が震えている。

「おい、三浦、どうした？　顔が真っ青だぜ？」

そう言いながら、じゃれるように顔を寄せてきたのは、神田孝也《かんだたかや》だった。

「なにが書いてあったんだ？」と、首を突っ込んできたのは、足立晃《あだちあきら》。

小森誠二《こもりせいじ》と成田龍彦《なりたたつひこ》、そして土屋義則《つちやよしのり》も、興味津々といった様子で、顔を近づけてきた。

五人の目が注目するのは、琢磨が手にしているノートだ。表紙には、

〝星ヶ丘中学校〟

と書かれている。

琢磨が、この居酒屋に来た理由は、簡単だった。大学時代のサークル仲間と久しぶりに集まるためだった。

ここを選んだのは、神田だ。サークルのリーダー格で、昔から何かを企画するの

は、決まってこいつだ。今回も、「おもしろい店を見つけた。行ってみないか？」とメールが送られてきて、そして、今日、このメンバーで集まった次第だ。

確かに、ユニークな店だった。店名は〝のん兵衛屋〟というまあありがちなものだったが、そこに備え付けられているものが、実にユニークだった。

店に入って、いきなり目に飛び込んでくるのが、巨大な本棚。壁一面、天井まである。そして、その棚にびっしりと収められているのが、大学ノートだ。それらは都道府県別に分類されていて、大学ノートの背表紙を見ると、それぞれ学校名が書かれている。

「ネットで、同窓会サイトみたいなのがあるだろう？　全国の学校から自分の母校を見つけて、掲示板で卒業生同士が交流するやつ。それの、居酒屋バージョンらしいよ」そう解説してくれたのは、サブリーダー格の足立。神田が企画したことを実行に移すのが、学生時代からの役割だ。「……と、はじめは卒業生の交流が目的だったらしいんだけれど、どこで道を誤ったのか、学生時代の恨みつらみをノートに書き散らすのがメインになったらしい。……で、そのノートは〝ルサンチマンノート〟と呼ばれるようになったわけ」

「全国の学校が網羅されているのか？」

背表紙の学校名を追いながら琢磨が訊くと、

「全国となると怪しいけど、関東の中学校と高校はすべて揃っているらしい。だから、おまえの母校も、きっとあるぜ」

と、神田が、琢磨を促した。

半信半疑で視線を走らせていると、〝星ヶ丘中学校〟という文字を見つけた。琢磨は、もちろん、それを引き抜いた。

それからはウィスキーのグラス片手に、琢磨は夢中でノートを捲《めく》った。そして、発見した。見覚えのある、右上がりの字を。

「まさか」

全身から血が抜けるようだった。

「なんで、あいつが」

自然と、指も震える。

その様子は、他のメンバーの興味を引くには充分だった。

「何が書いてあったんだ？」

「誰の恨み節？」

「三浦の知っている人？」

矢継ぎ早に訊かれて、琢磨の動揺が興奮に変わる。

「遠藤淳《えんどうじゅん》」琢磨は、とうとうその名を口にした。

「えんどう　じゅん？」小森が半笑いで応えた。「どこかで、聞いたことあるな。

……あ」小森の顔から、途端に笑いが失せる。

「遠藤淳！」そして、土屋が、指揮者のように箸を振り上げた。「あの、遠藤淳か!?」

小森と土屋は、琢磨と同じ地域の出身だ。当時、〝遠藤淳〟という名前は地元では繰り返し囁《ささや》かれ、だから、小森も土屋も何度も耳にし、または自ら口にした。

「え？　なに？　誰？」

しかし、神田と成田、そして足立は他の県出身で、だから、その名前にも事件にも馴染みがないようだった。

「だから――」土屋は再び箸を振り上げた。しかし、その箸をマイクのように持ち替えると、琢磨の口元にもってきた。そして、「僕が説明するより、おまえのほうが詳しいだろう」と琢磨を促した。

五人の注目が、琢磨の口元に集まる。

こいつらの好奇心は、並じゃない。このまま無視したら、いつまでもいつまでも、しつこく絡んでくる。そして、ついには、余計なことまですべてを白状させられるのだ。そんな面倒な目に遭うなら、今のうちに、こいつらの好奇心を満たしてやるのが得策だろう。琢磨は頭の中で簡単にあらましをまとめると、ゆっくりと口を開いた。
「うん、そう。あれは……。俺たちが中学二年生の頃、今から十六年前に起きた事件なんだけど——」

2

眩《まぶ》しい。
僕は、思わず手を翳《かざ》した。
朝日は、もうすっかり高い。
ベランダに出ると、僕はいつもの通り右のコンテナから順に水を注いでいった。
「あれさ、咲くと思う?」
僕はテーブルにつくと、カウンター向こうの母さんに訊いてみた。
ソーセージを焼く匂いがする。
「何?」母さんが、そろそろと顔を出す。

すっかり化粧が終わっている。髪もきれいに束ねられ、あとは口紅だけだ。

「べーつに」僕は、トーストをひとつまみ口に放り込んだ。

「今日は……遅いの？」

僕の顔を窺いながら、母さんはソーセージを載せた皿をそっとカウンターに置く。狐色を通り越してほとんど焦げている。が、これは母さんの失敗ではなく、僕の好みだ。

「焼き方、……これで大丈夫？」

「うん」

僕が頷くと、母さんは、ほっと肩の力を抜いた。

「それで……今日は、……遅い？」母さんが再度尋ねる。

「わかんない」

僕は、皿を自分の前に持ってきた。そして、フォークでぐさり、ソーセージを突き刺す。ぷちんと皮が破れる感触が、指に伝わってきた。

母さんが僕の帰宅時間を気にするときは、自身の帰りが遅いときだ。母さんは、一年ほど前からパートに出ている。化粧品売り場の売り子だ。場所はふた駅先のデパート。

別にお金に困っているわけではないと思う。たぶん、直接の動機は、……気晴らしだ。またはガス抜き。いずれにしても、母さんは中にいるより、外にいるほうが羽を伸ばせるらしい。

父さんは四年前に死んだ。交通事故に巻き込まれ、即死だった。その潰れた死に顔を、僕はいつまでも忘れられずにいた。右半分が筋肉ごと骨から剝《は》がされ、目も鼻も口も、ぐちゃぐちゃに混ざり合っていた。僕は怯え失禁までしたが、母さんの顔が冷静だったことをよく覚えている。

父さんはそこそこの預金と生命保険を遺していてくれた。交通事故を起こした加害者からの慰謝料も結構な額だった。また、母さんの実家からも援助があるようだ。それらのおかげで、僕たちは以前と変わらない生活レベルでこのマンションに住み続けることができている。

この街では一番のマンション。その規模も、その価格も、そしてその高さも。ここを見つけたのは父さんだったが、ここに決めると言ったのは母さんだった。その展望が素晴らしいと、涙まで浮かべて、沈む夕日を眺めていた。それが、五年前。

なのに、母さんは、今はこのマンションから出たがっている。理由はたぶん三つ。一つは、父さんの記憶から逃げるため。一つは、僕からも逃げるため。そしてもう一つ。……恋人ができたんだ。一度、会ったことがある。デパートの社員。そう、母さんのパート先の上司にあたる男だ。上司とはいえ、年下のようだが。母さんは、どうやらその年下男の子供をお腹に宿している。僕には隠しているけれど、バレバレだ。その下腹は醜いヒキガエルのように、日に日に膨らんでいる。「太ったのよ」と母さんは言い訳するが、クローゼットに押し込まれたベビーグッズを、どう説明するつもりだろう。クローゼットの中には、他にも、分譲マンションや一戸建て住宅のパンフレットが多数。このマンションを売るための書類も混ざっている。

そう。母さんは、年下男と生まれてくる赤ちゃんの三人で、新しい生活を送りたがっている。リセットしようとしているんだ。このマンションを出て。自分で拵《こしら》えたベランダのコンテナガーデンも捨てて。

現に母さんは、植物たちの世話をもうしていない。そのきっかけは悪阻《つわり》だ。母さんはこの冬、何かを食べては、そのまま吐き出すのを繰り返していた。はじめは悪い病気かと思ったけれど、食器棚の引き出しに母子手帳を見つけ、僕はすべてを理解した。

哀れなのは、ベランダの植物たち。干からびたその身を守る術《すべ》もなく、ただただ、冬の乾いた冷たい風にいたぶられていた。こうなったら、あとは捨てられる運命。実際母さんは、役所に連絡を入れて粗大ごみとして処分する手続きをはじめていた。その処分の日。僕はなんとなくコンテナを覗いてみた。すると、死んだとばかり思っていた根元から新しい芽が出ていた。僕は、柄にもなく妙な感動を覚え、そして、そのコンテナの世話を引き受けることにした。今年のはじめのことだ。

僕が引き取ったのはコンテナ五つ。世話した甲斐あって、この春、ベランダには色とりどり花が咲いた。僕の予想だと、五月にはバラが咲くはずだ。母さんが去年、買ってきたバラ苗。母さんに放置されていたプラスチックポットの苗を、僕がコンテナに移植したのがこの二月。一番日当たりのいい場所に置いてある。が、新芽がなかなか出ない。枯れたような枝が三本、ひょろひょろと伸びているだけだ。

「あれ、ちゃんと咲くのかな……?」

僕は、ソーセージを食べ終わると、ひとり呟《つぶや》いた。

+

モスグリーンのブレザーとグレンチェックのズボン。しかし、どちらもつんつるてんだ。

マンションのエントランスホール。鏡張りのドアの前で、僕はいつものようにため息を吐《つ》く。

マジで、ダサい。背が伸びたのはいいけど。でも、去年までのブカブカよりは少しはマシだろうか？

この制服は、入学式のときは一回り大きかった。そのブカブカ振りがいたたまれず、制服を切り刻みたくなったほどだった。が、同志は思いの外たくさんいた。入学式にぞろっと並んだブカブカ隊は、まるでコントだった。一方、女子の列は圧巻だった。どの子もすっかり成長を果たしていて、制服のせいもあったかもしれないが、どの子もずいぶんと大人びて見えた。特に、僕のすぐ横に並んでいた女の子はとびぬけて大人っぽかった。初めて見る顔だった。たぶん、違う小学校から来たんだろう。それにしても、きれいな横顔だ。胸の深いところがずきんとうずく。僕は、その子の胸元のネームプレートを盗み見た。

『咲宮《さきみや》由布子《ゆうこ》』

由布子ちゃんか……。僕の頬はいつの間にかカイロのように熱くなっていた。

つまりは、一目惚れだった。

そう。初恋。

ただの初恋じゃない。

僕にとっては、特別な恋だった。

彼女がいなかったら、僕はきっと道を踏み外していたに違いない。現に僕は、グレまくっていた。母さんに対しても幾度か暴言を吐いたし、あるときは、ひどく殴りつけたこともある。そのたびに母さんは、「あんたは、父親にそっくり」と泣いた。それがどういう意味なのかは、よく分からない。でも、母さんが僕をどこか施設に入れたがっていたのは確かだった。小学校六年のときだ。それを知ったとき、僕が真っ先に考えたのは、死だった。自殺の方法が書かれた本を万引きし、それを聖書のように肌身離さず持ち歩いていたものだ。だから、中学校にもなんの期待も希望もなく、むしろ樹海に行くような面持《おもも》ちで、入学式に参加した。この式が済んだら、死んでやろう。こんなブカブカな制服を脱ぎ捨てて。……そんなことを思いながら。

でも、僕は、由布子を見つけた。彼女がいてくれたから、僕はこちら側の世界に踏みとどまることができたのだ。由布子の横顔を見るだけで僕はあの怯えを抑えることができ、自殺の誘惑にも打ち勝つことができ、なにより、母親を許すことができた。僕を捨てたければ、それでいい。僕は僕の人生を突き進むだけだ。そして、いつか、見返してやる。あんたなんかいなくても、僕はこんなに幸せだ。あんたなんかいなくても、僕の人生は薔薇色《ばらいろ》だって。……そんなふうに前向きに考えることができるようになったのも、由布子のお陰だ。

　恋とは、笑っちゃうほど凄《すさ》まじいエネルギーを孕《はら》んでいるものなんだな。なにせ、絶望の淵に沈んでいた僕を、死神の懐に飛び込もうとしていた僕を、ここまで立ち直らせてくれたのだから。不登校気味だった僕を、皆勤賞候補にまでするのだから。

　ほんと、笑っちゃう。

　なのに由布子は隣のクラスで、一年間は遠くで眺めているだけだった。……それでも、僕には充分だったのだけれど。

　しかし、とてつもない幸運が突然舞い降りた。今年、彼女と同じクラスになったのだ。しかも同じ班だ。こんな幸運があっていいものだろうか？　一生分のツキを使い果たしているのではないだろうか？　それでもいい。これから先、僕の人生がまったく運に見放されたものであったとしても、この夢のような春を僕は思いっきり謳歌しよう。長い幼虫時代を経てあっという間にその命を閉じてしまう蝉だって、だからこそのあの生命力だ。

　が、目下の問題は、……このつんつるてんだ。由布子ちゃん、僕のこの不恰好をどう思っているだろうか。

「なーに、へコんでんだよ」

いきなり後頭部をはたかれて振り返ると、通学仲間の遠藤淳が立っていた。

遠藤は同じマンションに住んでいて、毎日エントランスで、僕を待っていてくれる。こいつとは小学校のときからの馴染みで、中学校に入ってからもこうやってからんでくる。たぶん、母親になにか言われているのだろう。「仲良くしてあげなさい」とかなんとか。遠藤の母親と僕の母さんは、仲がいい。母さんがベランダでガーデニングをはじめたのも、遠藤の母親の影響だ。遠藤んちのベランダはそれはそれは見事な花園になっているらしい。僕は、見たことはないけれど。というか、遠藤んちには、行ったこともない。

僕は、遠藤家が苦手だった。だって、絵に描いたように家庭円満で、洗剤かなにかのコマーシャルにそのまま出られそうな、明るい一家だからだ。僕んところとは正反対。だから、正直、はじめは遠藤の接近をあまり歓迎していなかった。

それどころか冷たく突き放していた時期もあった。でも、今では、こいつが横にいないとどこか寂しい。……なんというか、兄弟みたいな感じだ。今の僕があるのは、こいつの功績も大きい。去年は同じクラスになれなかったが、今年は幸か不幸か、同じクラスだ。

幸というのは、遠藤は頼りになる。不幸というのは、遠藤は少しお喋りで、そしてお節介だ。

「どうしたの？　なんかあった？」遠藤が、いつものお節介顔で、僕を覗き込む。

「べーつに」

僕は、歩き出した。

＋

「きゃっ」

教室の戸を引いた途端だった。由布子の小さな叫びが聞こえてきた。

由布子は、青いジョーロを持ったまま、窓際に立ち竦《すく》んでいた。窓辺には、鉢植えがずらっと並んでいる。

あっ、そうか。今日の水やりは、うちらの班だった。僕は由布子に駆け寄った。

「どうしたの？」

「うん……、虫」

「虫？」

細い指がさしたのは、黄色い花をびっしりとつけたマリーゴールドの鉢だった。目を凝《こ》らしてみると、葉や茎のところにうねうねとした動きがいくつも見える。

「うわっ」

僕も思わず、叫んでしまった。声が大きかったのか、クラスメイト数人が「どうしたの？」を連呼しながら寄ってきた。

由布子は、戸惑いながらも、みんなにそれを指し示した。

ひときわきれいなマリーゴールド。が、よくよく見ると、小さな幼虫が無数に這っている。葉っぱが微《かす》かにそよいでいるのは、窓から忍んでくる春風のせいではない。幼虫のうねりだ。

悲鳴と呻《うめ》きが次々と起こる。

由布子の唇が微《わず》かに震える。

このマリーゴールドを持ってきたのは、由布子だった。花好きの担任の提案で鉢植えの花を持ち寄ろうということになり、彼女は真っ先にそれに応えた。それから次々と花が集まり、僕も自宅のコンテナからお気に入りのクロッカスを鉢植えにして持ってきていた。それを僕はマリーゴールドの隣に置いていた。クロッカスは無事のようだ。気味の悪い蠢《うごめ》きは、マリーゴールドに集中して発生している。

「もう、やだ！　気持ち悪いぃぃ！　捨てちゃおうよ！　それ！」

クラスメイトから甲高《かんだか》い怒鳴り声が上がった。由布子の表情は、見る見る悲しげにゆがんでいく。しかし、その最後のところで堪えているようで、微笑みをむりやり作っていた。

「おれ、いい殺虫剤持ってるよ」

僕は、出し抜けに声を張り上げた。一斉に視線が集まる。僕は、続けた。

「おれんちにいい殺虫剤あるから、その鉢を持って帰って虫を全部退治してくるから、それでいいだろう？」

それから僕は、掃除具置場からゴミ用の半透明袋を引っ張り出し、問題の鉢をすっぽりと包み込んだ。それで安心したのか、皆、あっというまにどこかに行ってしまった。由布子も、「大丈夫？」というような眼差しを何度も僕に送りながら、ジョーロを所定の場所に置くと自身の席に帰って行った。「うん、大丈夫」口の中で呟きながら、僕は、ゴミ袋で包んだマリーゴールドの鉢を、サブバッグに押し込んだ。

掃除の時間を迎える頃になると、朝の騒ぎを覚えている者はほとんどいないようだった。しかし、僕の意識は、ずっとサブバッグにあった。あの虫がどうなっているのか。まさか、ゴミ袋から這い出して、バッグ中が虫だらけになっているんじゃ。そんな思いがどうしても拭えず、僕は何度か身震いした。

そして、放課後。

僕は、窓の外を見ながら、「はぁ」と二回続けてため息を吐いた。

教室に残っているのは、日誌を書いている日直二人と、おしゃべりが弾んでいる三人の女子。

窓の外からは、運動部の多種多様なかけ声が合唱になって聞こえてくる。ブラスバンドの練習もはじまったようだ。由布子は、ブラスバンド部で、フルートを担当している。

僕は、窓から身を乗り出してみた。外の喧噪《けんそう》をこうやって聞いていると、ときどき無性に寂しくなる。

やっぱり、僕も何か部活に入っておくんだったかな……。

運動は嫌いな方ではなかった。実際、体育の成績は悪くはない。が、これといって好きなスポーツがあるわけでもない。新入生の頃、サッカー部にテスト入部してみたが、どうも肌に合わなかった。

文化部はそれ以上に肌に合わない。

それで結局は帰宅部になってしまった。そうなると結構暇になるので、仕方ないから宿題や復習をまじめにやるようになった。そのお陰か、成績は学年で毎回ベスト5以内。いつのまにか優等生だ。自分でもびっくりしてしまう。去年の生徒会役員選挙では、副会長の候補にまでなったぐらいだ。が、運良く次点落選。副会長なんて、柄じゃない。

「ごめんごめん、待った？」

ゴミ捨ての当番だった遠藤が教室に戻ってきた。

遠藤も帰宅部だ。半年前までは陸上部の期待の星だったらしいが、膝をダメにしてしまい、今はやめている。本人に言わせると、実はそれほど膝は痛めていないのだという。が、合理的でない練習メニューと威張り腐っている先輩たちがどうにも我慢できなくて、医者から診断書を出してもらって退部したのだそうだ。膝はそれほど悪くないというのは本当のようだ。遠藤は毎夕、一キロのコースを最低三周は走っている。学校から二十分ほど歩いた場所にある県立K公園のジョギングコース。僕の自宅のベランダからも見える、住宅地の中にぽっかり空いた緑色のクレーターのような公園だ。

実際、緑が必要以上に多い公園で、僕も気に入っている場所だ。僕は走るのは好きじゃないが、この公園ならと、遠藤につきあって毎日走っている。……いや、正直に言おう。その公園は、由布子の通学路に含まれている。だから、運がよければ、由布子が帰る姿を見ることができる。もっと運が良ければ、由布子が走る僕たちを見つけて、小さく手を振ってくれる。なんとも邪《よこしま》な動機だと自分でも思うのだが、それだけ僕は由布子に恋していた。由布子のことばかり、考えていた。

「どうしたの?」

窓の外を眺める僕を、遠藤が小突く。

「う……ん」

「なに?」

「おれ、今日は走らないから」

「なんで?」

遠藤が僕の顔をのぞき込んだ。いつもなら、学校帰りの足で公園に向かい、ベンチに鞄と制服を投げ置くとジョギングをはじめる。僕と遠藤はいつでもトレーニング用のシャツとパンツを制服の下に着ていた。

「今日は、寄るところあるから」

僕は、鉢の形に膨らんだサブバッグを机に載せた。

「なに？　もしかして、殺虫剤、買いに行くの？」

「ほっとけよ」

「やっぱり、琢磨んちには殺虫剤なんてないんだ？」遠藤が、意地悪く笑う。「うちに、あるよ？　今日、うちに寄っていく？」

「いいよ。……ちゃんとしたやつを買おうと思って」

「ちゃんとしたやつ？」

「そう、一発で、虫が全滅するやつ」

「そっか。で、金、あんの？」

「…………」僕は、ズボンのポケットにそっと手を当ててみた。たぶん、五百円玉があったはずだけど……。でも、それで足りるんだろうか？

「じゃ、貸してやるよ」

遠藤は僕の目の前にグーを突き出した。そして、その手を僕のブレザーのポケットにつっこんだ。

「小銭だけど、たぶん、千円ぐらいはあると思うから」

ポケットの中にずっしりと小銭が落とされる。

「じゃ、明日」

そして遠藤は、いつもの剽軽《ひょうきん》な笑顔で、教室を出ていった。

＋

県道沿いに、市内で一番のスペースを誇る園芸店がある。チェルシー園芸店という。苗や種はもちろん、ありとあらゆる園芸関係グッズが販売されている。ちょっとしたテーマパークというような趣だ。

「何を探しているんですか？」

突然、後ろから声がした。僕は、びくっと、振り返る。

どうやら、店員のようだ。グリーンのウエストエプロンと、やはりグリーンの長靴をはいている。

「えーと……」僕は、店員を見上げた。やたらと背の高い若い男だ。社会人という感じではない。見ると、ネームプレートには『アルバイト』と大きく書かれている。

「殺虫剤？」

店員は、まるで子供と接しているような感じで、腰を屈《かが》めた。そんな風にされると、あまりいい気持ちはしない。

「そう、殺虫剤。……強力なやつ」僕はぶっきらぼうに答えた。

「で、種類は？」

「え？」

「虫の種類だよ」

「………」そういえば、あの虫ってなんなんだろう？

「もしかして、それ？」

店員は、僕がぶら下げているサブバッグをのぞき込んだ。バッグからはみ出ている半透明のビニールから、マリーゴールドの黄色がうっすらと見えている。

「じゃ、君、こんなところじゃなんだから、こっちおいで。あっ、君、星ヶ丘中でしょう？　その制服カッコいいよね。自分も星ヶ丘中だったんだけど、自分のときは普通の学ラン、セーラー服でさ。自分が卒業したあとに変わったんだよね。新しい制服。着てみたかったな……」

こっちは客だぞ。そのタメロはなんだ。それに、この制服は絶対あんたには似合わないと思うよ。……と思いながらも、僕は店員の後を素直についていった。

連れてこられたのは、店の裏のプレハブ小屋だった。どうやら倉庫と従業員の休憩室を兼ねているらしい。

「ああ、これは、ヨトウムシだよ！」

マリーゴールドの鉢を取り出した店員は、声を張り上げた。そして、葉を一枚一枚丁寧にかき分ける。何か楽しそうだ。

「ヨトウムシ？」

「ヨトウガの幼虫。放っておくと、葉っぱも蕾《つぼみ》も全部食べられちゃうよ。ほら、もう半分以上はやられちゃってる。ああ、結構やられてるね。……ひどいところは葉ごと摘みとんないと」

言いながら、店員は次々と葉や茎をむしり取っていった。

「あの……」

「大丈夫だよ。よくきく強力な薬があるから。自分が作った殺虫スプレーなんだけどね。農薬とかいろいろと調合して作ってあるから、とにかく、強力。効果てき面なんだ」

「あの……」

「たいがいの虫は、これでイチコロさ」

店員は手袋とマスクをすると、作業台の隅に置いてあった、なにやらあやしげな色の液体が入った水吹きを手に取った。

「あ、君。ちょっと離れていて。これ、間違って吸い込んだら、……ちょっとヤバいから。下手したら、死ぬよ？」

え？　僕は、咄嗟《とっさ》に、その場から飛びのいた。僕が避難したのを見届けると、店員は、マリーゴールドの鉢に、まんべんなく殺虫剤を吹きかけた。

確かに、いかにもヤバそうな臭いがする。鼻の奥がツーンとするような刺激臭だ。

僕は、さらに、距離をとった。

「よし、これで幼虫は全滅だ」

が、鉢いっぱいに咲きほこっていたマリーゴールドは、ほとんどが萎れてしまった。虫どころか、花にまでダメージがあったようだ。

――由布子ちゃんは、これを見てどう思うだろうか。でも、あの気持ち悪い虫はもういなくなったのだ。これでヨシとしなくちゃ。でも。

「あの……、お金……」僕は、店員を見上げた。

「え？　お金はいいよ。これはサービス」

「マジ？」

「その代わり、お母さんによーく言って、うちの店の宣伝しておいて」

「アルバイトのくせに愛店精神あるんですね？　服部《はっとり》さん」

「え？　なんで、自分の名前を？　君、超能力少年？」

「……ネームプレート」僕は、店員のネームプレートを指さした。「ここに、名前が――」あれ？　服部……静香《しずか》？　随分と、女っぽい名前だな。……まあ、どっかのおっさん政治家も〝静香〟って名前だ。特に珍しくもないか。

「自分、一応、女なんだけど」

しかし、店員は、言った。「もしかして、男だと思った？」

「……え？」

「男だと思ったんでしょ。……まあ、仕方ないよね。こんな潰れた声だし、こんな形《なり》だもの。でも、一応、女子大生」

「……すみません」

「いいよ、謝らなくても。却《かえ》って、傷つく」

「………………」

「じゃ、これ」店員は、マリーゴールドの鉢を僕の手に持たせた。持ちやすいように、園芸店の手提げ袋に入れてくれてある。ついでに、小さな袋も持たせてくれた。中には、クッキーが数枚入っている。

「実は、自分、クッキー作りが趣味なんだ。せっかく作ってきたのに、誰ももらってくれなくて」

まあ、確かに、形がちょっと変だ。積極的に欲しいとは思わない代物《しろもの》だ。でも、まあ、いいか。ちょっと、小腹が空いた。ありがたくもらっておく。

……あれ?

僕の視線が、釘づけになる。「バラ苗」と書かれたプレートの下、モスグリーンのブレザーを着た女の子が立っている。

……由布子ちゃんだ。

僕の心臓が、どくんとひとつ、大きくうねった。

しかし、なぜか、声をかけられなかった。それどころか、僕は自身の体を隠した。

「三浦くん」

なのに、あちらから声をかけてきた。

心臓が、暴走する。……破裂しそうだ。

「三浦くん」

由布子が、近づいてくる。僕は、気持ちとは裏腹に、後ずさった。

そんな僕を、店員が面白そうに眺めている。そして、変な笑いを浮かべると、その場を立ち去った。

由布子が、すぐそこまでやってきた。唇が、やけに赤い。……グレープフルーツの香りがする。

「リップクリーム、塗ったの」

由布子は、はにかみながら言った。

「……部活は？」

僕は、明後日《あさって》の方を向きながら、ぶっきらぼうに訊いた。

「うん。……頭が痛いって言って、抜け出してきた」

「どうして？」

「部活の部屋から、三浦くんの姿が見えたから」

「え？」

「県道のほうに歩いて行ったから、たぶん、ここに行くだろうな……って」

「……どうして？」

「殺虫剤、買うのかな……って」

「え？」僕の幼稚な嘘は、すっかり見抜かれている。僕は、頰を熱くした。

「ありがとう、わざわざ。……私のためだよね？」

「いや、ちゃんと家に殺虫剤、あるんだよ。でも、もしかしたら、もっと効くやつあるかな……って」

「うん。……それで、あった？　殺虫剤」

「ああ、それが」

僕は、ぶら下げていた手提げ袋を、咄嗟に隠した。中には、すっかり生気を失ったマリーゴールドが入っている。

「虫はいなくなったけれど。……あ、そうだ。クッキー、食べる？」

それから、僕たちは、どちらともなく歩き出した。

街は、泣きたくなるようなアプリコットオレンジ。……そんな古い唄を思い出しながら、僕は、胸のドキドキをどう抑えるか、そればかりを考えていた。

「ね。三浦くんと淳って、仲いいよね」

由布子が、いきなりそんなことを言った。「あんまり仲がいいから、私、なんか、気が引けちゃって。……邪魔かな……って、声もかけられなくて」

「え？」

どうして、ここで遠藤の名前がでてくるのか。それまでの浮ついた気持ちが、一転、深く落ち込んだ。

「……別に、仲、いいってことはないよ」

「ほんと？」

「あいつが、一方的にお節介焼いてるだけだし」

「でも、公園を一緒に走っているでしょう？」

「特に、深い意味はないよ。おれの母ちゃんとあいつの母ちゃんが仲良くてさ。……それで、なんとなく」

「そうなんだ」

「本当は、迷惑している」

ブレザーのポケットの中が、ずしんと重い。遠藤が入れてくれた小銭だ。でも、僕は続けた。

「面倒くさいやつなんだ。おれ、あいつから離れたいんだよね」

＋

オートロックは自分で解除した。案の定、母さんはまだ帰ってない。

エレベーターは、運悪く最上階で止まっていた。僕は非常階段を使うことにした。

十階まで上るのはキツイけれど、でも、僕は、この非常階段を割と気に入っていた。階段は外付けになっている。上るごとに視界が広がり、商店街の屋根が段々と下に落ちていく。やがて隣町の住宅街が見えてきて、隣町のショッピングセンターが見えてくる。そして、ついには空がすぐそこまでやってくるのだ。こんな感覚が、僕は好きだった。遠藤にいつか、そんな話をしてみたことがあったが、遠藤は「高いところが好きなんだ。煙となんとかは高いところが好きだって言うけど……」と笑っていた。あいつはいつだって、冗談でしか返さない。ときどき、無性に腹が立つ。

西日が、とうとう夕日に変わった。オレンジ色の輝きが、下界の屋根をきらきらと照らす。

「ただいま」

が、誰も答えない。僕は、玄関ホール、廊下、ダイニング、リビングと次々と照明をつけていった。

留守番電話のボタンが点滅している。たぶん、母さんのメッセージだろう。僕は再生してみた。

『今日は、ちょっと遅くなりそうです。でも、十時までには戻れると思うので、それまで、何か食べて待っていてください。冷凍庫に焼きおにぎりとピザがあります。好きなのを食べて……』

十時ね。あのデパートは八時に閉店するのに。……ま、いいか。

僕は、ベランダに出た。コンテナの花が、夕方の風に吹かれている。ここは地上より風が強い。一度、夜の風にコンテナごと薙《な》ぎ倒された経験がある。それ以来、風が強い日と夜は部屋に取り込むことにしている。

「ただいま」

僕は、バラ苗を、まず取り込んだ。

バラ苗は、相変わらず、うんでもなければすんでもない、枯れ枝の状態だ。それでも、確かに生きているという実感がある。どこから来る実感か分からないが、僕にはそんな気がする。

「絶対見捨てないからな。だから、きっと咲いてくれよ」

僕は、バラ苗に顔を近づけた。そして、枝の先端をつんつんと優しく突っついてみる。「……そうそう。今日はお客さんがいるんだ。かわいい子だよ」

マリーゴールドの鉢を取り出すと、僕は、バラの横にそれを置いてみた。

「あれ？」

そのとき、どうして僕の視線はそれを捕らえてしまったのか。

マンション横を走る行政道路、その向こう側は、廃工場の裏側だった。三年前に閉鎖された小さな工場で、かつては工員たちの憩いの場所だったスペースには、ブタクサが生い茂っている。

そこは、下にいたら、死角になる場所だった。行政道路側には高い塀があり、工場の入り口につながる細い道からは建物が邪魔して見えない。だから、あいつらも油断していたに違いない。

でも、この十階から見ると、まさに、神の視点。そう、僕はその様子を余すところなく目撃することになった。

そこにいたのは、遠藤だった。いつものトレーニング用のシャツとパンツ姿。そして、もうひとり。

由布子だ。

僕は、どんなに遠くても、彼女なら見分けることができた。それほど、僕は、あの子を見つめてきた。

僕の心臓が、激しく波打つ。

あの二人、なにをしているんだ？

ただの立ち話ではない。

僕の中に、嫌な予感が立ち込める。なのに、僕は、目をそらすことができなかった。


そして、その翌月。あの事件が起きた。

3

「……通称、〝東多摩中学校事件〟って覚えているか？」

三浦琢磨は、そう言うと、いったん、グラスをテーブルに置いた。

「東多摩中学校事件？ ……はい、はい。なんか、覚えているよ」足立が、ビールジョッキを弄《もてあそ》びながら応えた。

「……あれだろう？ 中学生がクラスメイトを毒殺しようとした事件。確かその犯人、医療少年院に収容されたんじゃなかったっけ？」

「そう。その犯人が、遠藤淳っていうんだ」土屋が、相変わらず箸を振り回しながら口を挟んだ。「地元では、大騒ぎだったよ。……確か、動機が、三角関係」

「三角関係?」神田が、身を乗り出す。「中学生で、三角関係?」

「そう。痴情のもつれってやつ」振り回していた箸をテーブルに置くと、土屋はビールを飲み干した。「片思いしていた相手に振り向いてほしくて、それで、給食のスープに毒を入れたらしい。幸い、死人は出なかったけれど、クラスの何人かは、結構、重症だったはずだ」

「まさに、いまどきな事件だ」

「十六年前の事件だけどね」

「で、三浦は、その遠藤淳とは、知り合いなのか?」神田の視線が、琢磨に戻ってきた。

琢磨は、どこまで話したらいいものか瞬時迷ったが、ウィスキーを飲み干すと、言った。

「ああ。知り合い」そこで終わりにしたいところだが、五人の視線が、それを許さなかった。琢磨は、言葉を選びながら、続けた。「……小学校の頃からの知り合い。……俺の父親が事故で死んで、で、引きこもりがちになっちゃったんだけれど、遠藤はなんだかんだと、外に連れ出してくれていたんだ。……うちのお袋とあいつの母親が親しかったもんで。……でも、本当は苦手だったんだよ。……ちょっとお節介が過ぎてさ」

「で、その遠藤ってやつが、そのノートに?」足立の眼差しは、すっかり記者の目だ。こいつは新聞社で働いている。

「ああ」琢磨は、応えた。「間違いない。遠藤の文字だ」

「その遠藤淳って、今は娑婆《しゃば》にでているのか?」

「噂では……事件の五年後に、医療少年院を退院しているらしい」

「なるほど。だったら、苗字も名前もプロフィールも変えて、別人として暮らしている可能性が高いな」

「名前やプロフィールなんて、変えられるものなのか?」

小森の問いに、

「ああ。世間を騒がせた少年犯罪の場合、時として、そういう更生プログラムが適用されるんだよ」と、足立は得意げに答えた。「だから、案外近くにいるかもしれないぜ?」

「それで、三浦。そのノートには、なんて書かれていたんだ?」神田が、どこか表情を引きつらせて、訊いた。

「……俺たちのこと」琢磨は、言葉を選びながら慎重に答えた。「俺と、……嫁のことが書かれている」

「嫁？　ああ、そういえば、お前と奥さんは――」

＋

三浦琢磨は、タクシーの中で、その人物のことばかりを考えていた。

遠藤淳。

ある時点から、琢磨は遠藤と距離を置きはじめた。そうだ、中学二年生になってしばらくしてからだ。遠藤がどんなにからんできても徹底的に無視し続け、ついには、会話することも、視線を合わせることもなくなった。そして五月の連休明け。あの事件が……。

……ああ。

琢磨の口から、いつのまにか呻きのようなため息が漏れる。

「大丈夫ですか？　お客さん？」タクシーの運転手が、バックミラー越しに声をかけてきた。「相当、酔ってらっしゃるようですが。……吐きますか？　なら、ビニール袋が前にありますんで」

「いえ、……違うんです。大丈夫です。ちょっと、嫌なことを思い出してしまって」

「嫌なことですか？」

「中学校の頃のクラスメイトが、事件を起こしましてね。結構、世間を騒がした事件で」

「どんな、事件ですか？」

「クラスメイトを毒殺しようとしたんです」

「毒殺しようとした？……ということは、未遂だったんですね」

「ええ」

「どうやって？」

「給食のスープに、農薬を混ぜたんです」

「農薬ですか。どうやって、入手したんですかね」

「地元の園芸店らしい。僕も、行ったことがある。園芸店の店員が農薬を売ったと証言して、それが決定的な証拠となって――」

「へー、そうですか」

「で、そいつ、医療少年院ってところに収容されたんだけれど、その五年後には退院したらしくて」

「へー、じゃ、どこかにいるんですね、その犯人は」

「たぶん、普通に生活しているんだろうね」

「ちゃんと、更生したってことですよ」

「そうかな？　あいつは、きっと、まだまだ恨みを隠していると思うんだよ」

「どうして、そう思うんです？」

「あいつが書いたと思われる手記を、たまたま見る機会があって。そこには、……殺人予告が書かれていた」

「どういうことです？」

「だから、あいつの殺意はまだ、消えてないってことですよ」

琢磨は、そこで、言葉を飲み込んだ。このまま続けたら、本当にあいつが現れるような気がした。

「その人は、いったい、誰に恨みを抱いているんでしょうね」

「いや、もう、その話はいいや」

「由布子……ですか？」

「え？」

「それとも、三浦琢磨……ですか？」

バックミラーに、トラックのヘッドライトが過《よぎ》る。その瞬間、運転手の顔が露《あら》わになる。

「久しぶりだね、……琢磨」

ひぃ。

琢磨の肩が、大きく震えた。その反動で、閉じていた瞼《まぶた》が、ぱかりと開いた。

「お客さん？」

バックミラーには、見知らぬ老人の顔。

「どうしました？　お客さん？」

「ああ、……夢を」琢磨は、乾いた唇を、ゆっくりと動かした。「夢を見てしまったみたいだ」

「そうですか。ところで……さっきから気になっていたんですが。お客さん、どこかで見た顔ですね」

バックミラー越しに、運転手がちらちら、こちらを窺う。

「もしかして、俳優の、三浦琢磨さんですか？」

琢磨は、うんざり気味に応えた。「いえ、違います。似ているとよく言われますが」「ああ、違いますか」しかし、運転手の顔は、どこかにやついている。「一時は、大変な人気でしたよね、三浦琢磨。朝ドラの準主役とかに抜擢されて。……でも、あっという間に見なくなりましたね。一発屋ってやつでしょうかね？」

「……テレビに出てないだけだろ。舞台とかには出てるんじゃない？」琢磨は苛立ちを隠しながら、背中をシートから剥がした。「ああ、そのコンビニの前で下して」

「え、でも、目的の場所では……」

「コンビニで、買い物して帰るから」

そして、琢磨は財布を取り出すと、一万円札を引き抜いた。

＋

まったく。タクシーの運転手は、どうしてああも好奇心が旺盛なのか。

コンビニに入ると、琢磨は今さらながら、サングラスをかけた。……まあ、意味はないが。なにしろ、ここ一年、このコンビニには毎日のように通い詰めている。妻が家事を放棄してからというもの、家には缶ビールひとつ置いていない。

中学からの幼馴染の由布子と結婚したのは、五年前。琢磨が出演する舞台を、由布子が見に来てくれたことが付き合うきっかけとなった。

いや、中学校の頃に、少しの間、付き合ったことがある。だから、正しくは、よりを戻したというべきか。

いや、それも違うと思う。中学校の頃、由布子はきっと、俺と付き合っているつもりはなかったはずだ。何せ、あいつには、男友達……今で言うセフレが沢山いた。それこそ、同級生から上級生、はたまた大学生、……社会人まで。

「天性の深情け……つまり多情なんだろうな、あいつは。それとも、あいつにとっては、男なんかコレクションみたいなものかもしれない」

琢磨は、スイーツの陳列棚を見つめながら、独り言《ご》ちた。

「なのに、俺は、まんまとあいつの手練手管に落ちてしまった。……友情を踏みにじって」

琢磨は、もう何度目か分からない濁ったため息を吐き出した。

「由布子が、役者になった俺のところに現れたのも、俺そのものじゃなくて、〝新進気鋭の人気俳優〟という肩書に惹かれたからだろう。その証拠に、落ち目になりつつある今、あいつは俺に冷たい」

こうやって言葉にすると、ますます自分がみじめになる。琢磨は、唇をかみしめた。

「シュークリーム、お好きなんですか？」

レジで声をかけられた。いつもの女子店員だ。

「あ、すみません。……いつも、シュークリーム、お買い求めになっているものですから」

琢磨は、カゴの中を見て、苦笑した。……本当だ。いつのまに。

「俺が好きなわけじゃないんだ」

言いながら、琢磨は、サングラス越しに店員を観察した。一度も染めたことがないというような真黒な髪が、腰まで伸びている。化粧っけもなく、その唇は荒れ放題だ。でも、造形は悪くない。もっと手をかければ、そこそこなのに。そう、その顎のラインはなかなかのものだ。……そういえば、やつも、こんな顎をしていた。

「千四百十七円になります」

店員が、レジ袋の取っ手をくるくる巻きながら、言った。

琢磨は、はっと我に返ると、上着の内ポケットから財布を抜き出した。

＋

マンションまで来ると、琢磨は立ち止まり、部屋を見上げた。

三階の角部屋。……やはり、照明は落ちている。すでに寝てしまったか、それともどこかに出かけたか。たぶん、後者だろう。琢磨は、レジ袋を持ちかえた。中には、缶ビール五本とカップ麺、そしてシュークリームが入っている。

……どうしてシュークリームなんか買ってしまったのか。あいつの好物を。

我ながら、この未練にはうんざりする。こんな状況になっても、俺はまだ、あいつの歓心を買うことを忘れていない。こんな、百円するかしないかのシュークリームで、あいつが喜ぶはずもないのに。それでも、どこかで期待しているのだ。あいつの笑顔を。

ああ。本当に情けない。俺はすっかりあいつに支配されてしまっている。その呪縛の縄からどんなに逃れようと足掻《あが》いても、その縄の端をがっしり握りしめているのは、俺自身なのだ。それどころか、その縄で輪を作り、自分自身の首に巻き付けようとしている。

そうだよ。俺にとって由布子は初恋なんだ。特別な恋。そして、はじめての女だ。……なのに、あいつは、日ごと、俺から遠ざかっていく。こんなことなら、何も知らないほうがよかった。そうすれば、穢《けが》れのない美しい初恋のまま、ずっとこの胸に秘めておくことができたのに。

今となっては、俺の初恋は、地獄だ。

遠藤、分かるか？　この苦しみが。

あいつが、他の男に股を広げるたびに、どれほどの苦痛を味わってきたか。まさに、煉獄《れんごく》の苦しみだ。疑心暗鬼がいつまでもまとわりつき、平常心を保つことができなくなった。だから、酒に頼り、酔うことで、すべてを有耶無耶《うやむや》にしようとしてきた。でも、それももう限界だ。……このままでは、狂い死にしそうだ。

そうなる前に、決着をつける必要がある。そう、離婚。離婚することが一番なのだ。下手《へた》に〝夫〟という立場にあるから、これほど苦しいのだ。あいつがただの他人になれば、きっと、この苦しみからも解放される。なのに、あいつは言った。離婚するなら、慰謝料が欲しいと。俺の年収をはるかに超える慰謝料が。

なんという女だ。

いっそ、死んで欲しい。

＋

玄関ドアを開けて足を踏み入れると、靴に何かが当たった。目を凝らしてみると、黄色いなにかが浮かび上がった。

なんだ？……花？

……マリーゴールド。

琢磨の頭に、そんな名前が浮かんだ。

スリッパの音が近づいてきて、照明が付く。

パジャマ姿の由布子が、怪訝《けげん》そうにこちらを窺っている。「また、そんなに酔って」

「どうしたの？」

琢磨は咄嗟に態勢を整えた。

「いたのか」

「いるわよ。ここは、私の家だもの。……あ」由布子の表情が、歪《ゆが》む。「いやだ、それ」そして、琢磨の足元を指さした。

琢磨は、自身の足元に、恐る恐る焦点を合わせた。黄色いなにかが無残に潰れ、その一部が琢磨の靴に貼りついている。

　ひぃ。

　琢磨は、大きく体をよじった。

「もう、琢ちゃん。それ、パプリカよ」

「……パプリカ？」

「そう。サラダにしようと思って、買ってきたの。……ひとつないと思ったら、そんなところに」

「……そうか、パプリカか。マリーゴールドじゃないんだ」

「マリーゴールド？　……なんで？」

「うん。……実は」ここまで言いかけたところで、由布子がくるりと背中を向けた。

　ちくしょう。ここ最近、いつでもこれだ。俺が何か重要なことを言おうとすると、すぐに逃げる。それをやられると、無性に追いかけたくなる。

「遠藤を覚えているか？　遠藤淳」

　靴を脱ぎながら、琢磨は由布子の背中に向かって言った。

　由布子の背中が、ぴたりと止まる。

「……遠藤……淳？」

「そう。中学二年生の時、同じクラスだったろう？」

「……あの事件を起こした子？」

どうやら由布子は、遠藤淳の話に興味を持ったようだった。

キッチンの照明を付けると、電気ポットのスイッチを入れた。

「淳が、……どうしたの？」マグカップをカウンターに置きながら、由布子。その表情は、どこか青ざめている。

琢磨は、レジ袋の中身を取り出すと、それらをカウンターに置いた。シュークリームもこれ見よがしに置いてみたが、由布子は興味を示さない。琢磨は、そっとシュークリームをレジ袋に戻した。

「だから、淳が、どうしたの？」

由布子が、話の続きを促す。

「遠藤の手記を、たまたま見る機会があったんだ」

琢磨は、シュークリームが入った袋を小さく丸めると、ゴミ箱に放り込んだ。由布子の顔が、一瞬、強張《こわば》る。が、すぐに表情を戻すと、次の質問をした。

「……あの人、もう、退院しているの？」

「とっくだよ。たぶん、名前も身元もすっかり変更して、普通に暮らしている。……もしかしたら、すぐ近くにいるかもしれないな」

「……なんだか、怖い」

「でも、きっと、更生したさ」

「私、淳のこと、苦手だった」

「そりゃ、そうだろう。俺たち、殺されそうになったんだから」

琢磨の瞼の裏に、あのときの光景が浮かぶ。給食のコーンスープ、それまでは、大好物だった。が、その日、それは嫌な臭いがした。隣に座る由布子の顔も、強張っている。飲むな。そんな声がしたような気もする。でも、俺たちは飲んでしまった。そのあとのことは、よく覚えていない。ただ、斜め前に座る遠藤の顔が、ひどく歪んでいたのを覚えている。

「あのとき、どんな味がした？」琢磨は、小さくえずきながら言った。

「あのとき？」

「だから、毒スープを飲んだとき」

由布子の顔色が変わった。それは、明らかに、嫌悪の色だ。

「冗談でも、やめて。思い出したくもない」

由布子は、心底、嫌がっているようだった。嫌悪の色が、ますます濃くなる。女の嫌がる顔は、なかなか小気味いい。琢磨は、缶ビールのプルタブを起こしながら、さらに言った。

「遠藤は、俺とおまえが付き合っていることを知って、絶望したんだ。だから、あんな事件を」

「私たちのせいだっていうの?」

「俺は、薄々、気がついていたんだよ、あいつの気持ちを。でも、おまえと付き合うことになって、俺、言ってやったんだ。由布子と付き合うからもう近寄るなって。そう言ったときの遠藤の表情は、今でも忘れられないよ。人間がこんな顔をするんだと思うぐらい、恐ろしい顔をしていた。……あのとき、あいつは、壊れたのかもしれない」

「じゃ、あなたのせいね。あんな事件が起きたのは」

「それは、違うよ。おまえだって、あいつになにか言ったんじゃないか? 俺、マンションのベランダから見てたんだぜ。廃工場の裏で、お前たちがもめているのを」

「ああ、あれ」由布子はひとつ身震いすると、パジャマの上から二の腕をさすった。

「……あなたが、園芸店で言ったことを伝えただけよ。……面倒臭いって」

「遠藤は、俺と由布子が結婚したことを知ったら、また俺たちを殺しに来るかもしれないね。なにしろ、俺たちは、あいつの純情を踏みにじったのだから」

「殺しに……来る？」

由布子の顔が、恐怖と嫌悪で真っ白になる。

ますます小気味いい。いつもは、俺がおまえに苦しめられている。だから、たまには、おまえが翻弄されればいいんだ。

しかし、由布子はすぐにいつもの顔色を取り戻すと、言った。

「マリーゴールド」

「え？」

「実は、先週、マリーゴールドが大量に送られてきたの。ほら、そこの角にあるコンビニ。そこの店員が届けに来たのよ。……だから、さっき、琢ちゃんがマリーゴールドの名前を出したとき、ちょっとドキッとした」

「それ、……どうしたの？」動揺が抑えきれない。琢磨は、缶ビールを一気に空けた。

「あなたのファンからの贈り物？　とも思ったんだけれど、受け取り拒否したわ。だって、気持ち悪いじゃない」

琢磨は、二本目の缶ビールを手にした。

「マリーゴールド。……いってみれば、俺たちが付き合うきっかけになった花だな」

「そうね。淳からみれば、忌々《いまいま》しい花」

まさか、そのマリーゴールド……。

「ああ、そうそう。今日、お義母《かあ》さんから電話があったのよ」

「え？　誰？」

「だから、あなたのお母さんよ」

「なんて？」

「バラが、咲いたって。だから、見にこないか？　……って」

「バラ……」

「お義母さんもお寂しいのよ。だから、帰ってあげれば？　……私は、遠慮しておくけど。だって……なんか、怖いのよ」

何か、音がした。振り返ると、窓が、少し開いている。窓ガラスに映りこんでいる自身の顔を見て、琢磨はぎょっと身じろいだ。

「遠藤！」

琢磨は、ほとんど叫んでいた。その反動で、手にした缶ビールが窓に投げつけられた。

ガラスの割れる音。

沼の底のような、静寂。

由布子の顔が、青ざめている。

「……琢ちゃん、どうしたの？」

「今、そこに、遠藤の顔が……」

言いかけて、琢磨ははっと我に返る。

落ち着け、その顔は、自分の顔だ。遠藤じゃない。……遠藤じゃない。

酔っているんだよ。飲み過ぎなんだ。だから、落ち着け。さあ、深呼吸するんだ。

そう繰り返しながら、琢磨は、ふらつく足で、寝室に向かった。

＋

その夜、琢磨は夢を見た。

髪をふり乱した女が、自分の体に覆いかぶさっている。

誰だ？　苦しい。そこをどけ。

「覚えている？」

え？

「私よ、遠藤淳よ」

……じゅん……淳？

「私、琢磨のこと、本当に好きだった。なのに、琢磨は、あんな女に騙《だま》されて。由布子はね、別にあんたのことを好きだったわけじゃない。私が琢磨と一緒にいるのが気に入らなかっただけ。ブスな私が男子と仲良くしているのが癪《しゃく》だっただけ。クラス中の男子の好意を独り占めにしたかっただけ。あの子は、そういう子よ。でも、私は違う。……琢磨は、私の初恋だったんだから」

ああ、分かっていたよ、そんなこと。遠藤、おまえの気持ちだって。由布子が、おまえに張り合って、俺と付き合いはじめたことも。

「私、琢磨に無視されて、本当に辛かった。どんなことをしても、もう一度振り向いてほしかった」

ああ、それも分かっていた。俺は、いつも、おまえの視線を感じていた。

「だから、私、あんなことをしてしまったの。琢磨に私の気持ちを分かってほしくて。琢磨に、私のことを忘れてほしくなくて。……今でも、好き。大好きだよ、琢磨。だから、琢磨の願いを叶えてあげるね」

＋

何か、悲鳴のようなものが聞こえた気がして、琢磨は目を覚ました。

うん？　……なんの臭い？　生臭くて……鉄の臭いもして……。

なんの感触だ？　今、なにか、ぬるっとした。

え？　なに？　どうしてシーツがこんなに濡れているんだ？

琢磨は、ゆっくりと、横に顔を向けた。

まず視界に入ったのは、由布子の顔だった。……その真っ白い唇は、すでに息をしていない。

――今でも、好き。大好きだよ、琢磨。だから、琢磨の願いを叶えてあげるね。

琢磨は、あのルサンチマンノートに書かれていた、そんな一文を思い出した。

小田原市ランタン町の惨劇

やっぱり、あの子は変わっている。

可愛いけれど、微妙に世間とズレている。

いわゆる不思議ちゃん系だ。それがはじめは新鮮で、その天然ぶりに惹《ひ》かれたことも確かだった。でも、そんなふうに物珍しく思う時期はすぐに過ぎた。今は、ただただ、面倒臭い。

ガムを口に押し込んだところで、メール受信を知らせる着信音が鳴る。今日はこれで六回目だ。

何度もごめんね。ユタカくんには、いつも迷惑ばかりかけてしまって、本当にごめんね。私からのメールはこれで最後になると思う。これ以上迷惑かけないように頑張るから、だから、許してください。本当に、これが最後だから。ミキ

「つたくさー、ほんと、ウザい」

豊《ゆたか》は、携帯のディスプレイを睨《にら》みつけながら、吐き出した。

ごめんなさい、許して。ミキの口癖だ。それを言えば、すべて解決するとでも思っているのか。あの自虐《じぎゃく》的な性格は、一種のナルシシズムだ。

全部自分が悪い、生まれてきてごめんなさい、自分がいなくなればすべて解決するの、世界中の不幸はすべて私のせい。電信柱が高いのも、郵便ポストが赤いのも、全部私が悪いのよ……ってか？

これほどの自意識過剰があるだろうか。人ひとり、生きようが死のうが、世界はまったく変わらないし、変わるはずもない。今ここでゴキブリを一匹叩《たた》き殺したとして、世界どころか小さな日常すらひとつも変わらないように。

それでも、気になった。

〝私からのメールはこれで最後になると思う〟

それまでも、後ろ向きなメールはしょっちゅう来ていたが、〝最後〟という言葉は使われたことはなかった。もうおしまいにしたいという自分の意思が、あちらに伝わったか。「ま、いいか」豊は、携帯を折りたたむと、バイトに出る準備をはじめた。

去年ぐらいから、バイトのほうがメインになっている。はじめは週三回だったが、最近ではほぼ毎日行っている。バイトで疲れ果て、大学の講義を休むこともしばしばだった。単位が危ないな、と思いながらも、今は、バイトのほうが楽しい。というか、大学がつまらないだけだ。大学と比較しての「楽しい」だから、きっと、バイトだけの生活になってしまったら、バイトも苦痛になるのだろう。

要するに、バイトは逃避場所に過ぎない。

何から逃避したいのか。

いろいろあるが、今の一番は、ミキだった。

ミキとはじめて会ったのは、八ヵ月前。

出会い系サイトがきっかけだった。

メールを何回かやりとりして、半月ほど経った頃、実際に会った。

第一印象は、それなりによかった。

髪は染めていたが落ち着いた栗色で、毛先を今風に巻いてはいたが派手ではなく、ネイルも自然な色で好印象、バーバリー・ブルーレーベルで統一した服も、なかなかセンスがよかった。

も済む。

「収穫！」

豊は、待ち合わせ場所で、そっと親指を立てた。聞けば、彼女は十九歳。Q女子短期大学生、……さらに気にいった。短期大学なら、変なコンプレックスを抱かなくても済む。

それまで付き合っていた元カノ……リサは自分より格上の大学に通っていた。別れた理由は、もしかしたらそれが一番大きいのかもしれない。彼女が他の男のことを話題にしただけで「どうせ、俺はFラン大学だよ」などと、自虐の泥沼に自らを追い込んでいたものだ。でも、例えば、この目の前の女が浮気したとしても、「ま、その程度の学校の子だもんな、尻が軽いんだよ」と、許すこともできるかもしれない。

よし、この女と付き合おう。この女となら、肩の力を抜いて付き合える。

「ね、ミキちゃん。俺、一目惚れみたい。君のこと、好きになっちゃった」

その日、早速、関係をもった。

ミキは初めてで、これも豊には嬉しかった。

リサとのときは、彼女のほうは経験済みで、自分は初体験、恥をかかないようにとそればかりを考えて快感を得るどころではなく、それからも、自分のことよりも彼女の快感ばかりを気にする始末だった。

とにかく、リサとミキとでは、いちいち勝手が違った。

リサといるときは、萎縮《いしゅく》するばかりで、彼女の顔色を窺《うかが》い、彼女の気にいるようにすることが最優先で、彼女が欲しがるものをプレゼントするために、歌舞伎町でボーイのバイトもはじめた。しかし、ミキの前では、自分は尊大になれる。ミキがあれこれと気を遣う様を半ば意地悪な目で眺めることができる。リサには、犬呼ばわりされるほど従順だった自分が、相手によってこれほど変貌《へんぼう》するとは、我ながら不思議だ。人の性質というのは案外流動的で、環境や相手に左右される要素が大きいのかもしれない。それとも自分は、本来は〝ご主人様〟キャラなのか。奉仕されることに喜びを感じる性質なのか。

そう思っていたが、やはり、違った。

ミキの気持ちが重い。負担だ。そう思いはじめたのは、付き合いだして四、五ヵ月ほど経った頃だった。それまで、週二回の割合で会っていたが、それが週一になり、月一になり。そういえば、前に会ったのはいつだっけ？　もう二ヵ月になるか？　メールは毎日のように来てはいるが、それもほとんど返信せず。だって、そのメールだって、ミキの都合で送りつけられてくるものばかりだ。相手を思いやっている振りをして、自分のことばかりが書かれている。読んでいるだけで、うんざりする。

やはり、自分は、人にサービスをするほうが向いているのだ。サービスする側にいるかぎり、コントロールは自分次第だ。自分で操縦することができる。しかし、サービスされる側に回ると、こちらのコントロールがきかない。相手の都合のほうが優先される。あれこれと行きたい場所があるのに、ハンドルの握れない不自由な助手席に縛り付けられているようなものだ。居心地が悪い。

要するに、豊は、ミキにすべてをコントロールされていることに恐怖していた。ああいう女は危険だ。ああいう女は、必ず、男を底なし沼に引きずり込む。

＊

その恐怖が具現化したのは、バイト先に男が現われたときだった。〝最後〟と書かれたメールから、一週間が過ぎていた。男は、開店前のドアを開けた。

「すみません、まだ準備中で――」

床にモップをかけていた豊は、まず、その靴を確認した。くたびれた革靴だった。

しかし、ものは悪くない。

「田辺《たなべ》豊さんは、いらっしゃいますか？」

しばらく躊躇《ためら》ったあと、豊は「はい、僕ですが？」と応えた。視線を上げると、黒ぶちの眼鏡にオールバックの、ぎすぎすと痩《や》せた初老の男がいた。

「川島《かわしま》さんをご存知ですね？」

「え？　誰？」

「あなたが、付き合っていた女性です」

ミキ？

「事件のことはご存知ですか？」

「っていうか、なんですか？」

男は、小ばかにしたような笑みを作りやれやれと首を軽く振ると、名刺を取り出した。渡された名刺には、〝弁護士〟とある。

「あなたの連絡先を、川島さんがなかなか言わないので、聞き出すのに苦労いたしました」

「っていうか、なんですか？」

豊は、先ほどと同じ言葉を繰り返した。が、今度は少しばかり、喉《のど》が震えている。首元を絞めている蝶ネクタイに指を差し入れて、緩《ゆる》めてみた。留め具がはずれ、だらりとカラーからはずれる。「……なんですか？」

「川島さんは先日起訴され、来月には裁判がはじまります。川島さんは犯行をすべて認めていますので、あとは、なるだけ量刑を軽くするのがわたしの仕事となります。それで、お願いなのですが、あなたの協力を得られたらと思いまして。情状証人として、証言台に立って欲しいのですが」

男は、一方的にしゃべり続けた。〝お願い〟とか〝欲しい〟とか言っている割には、ほとんど命令口調だった。

「ちょっと待ってください。全然、意味が分からないのですが」

豊は、ピッチャーの水をグラスに注《つ》ぐと、それで唇を濡らした。

「本当に、事件のこと、ご存知ないのですか？」

「だから、なんなんですか」

「なるほど」男は、また、例の笑みを作ると、首を軽く振った。「つまりですね。川島さんはあなたの子供を殺害してしまったわけですよ」

男の声には、特に抑揚もなければ感情的な響きもなかった。「昨日は雨が降ってしまって残念です」という他人事《ひとごと》のような説明口調だったので、豊も、「ああ、そうですか。それで？」と返した。

「ご協力していただくことを前提で、お話ししますと――」

男は、分厚い革鞄をカウンターに載せると、その中から書類の束を取り出した。

「そんなに複雑な事件ではないのです。ま、簡単にいえば、嬰児殺《えいじ》しというやつでして。昔は多く見られたケースですが、最近、また増えてきていますね。ま、もちろん、その動機は、今と昔とでは、だいぶ違ってきますが。昔は、単純に生活苦が動機のほとんどです。しかし、今は――」

男は、書類をぺらぺらやると、数枚の用紙を引き抜いた。

「――ああ、これだ、これ。被告人……川島さんの言葉をまとめたメモです。これを読んでくだされば、納得されるでしょう」

そして、男は、Ａ４の用紙を五枚、豊の前に置いた。びっしりと、何かが印字されている。

豊は、それに注目している振りをして、まったく違う場所を見ていた。

拭《ふ》き掃除が済んでいないカウンターは、ところどころ水垢《みずあか》で汚れている。グラス底の円が、まるで水玉模様のように、あちこちに散らばっている。早く拭かなきゃ。マスターがやってくる前に。今、何時だろう？　五時過ぎか。じゃ、あと三十分ぐらいか。マスターが来る前にすべてやっつけておかないと、あとでねちねち煩《うるさ》いんだ。まったく、ただの雇われマスターのくせして、いや、雇われだからこそだろうか、いちいち細かくて面倒臭い。

「さあ、どうぞ」

男が、用紙を押しやってくる。度の強そうな眼鏡のレンズが、奥の目をひどく歪《ゆが》めている。それは、脅迫の眼差しのようにも見えた。豊は、観念してゆっくりと用紙を拾い上げた。

「さあ、お読みください」

男がさらに促す。豊は、紙面の上に視線をしばらく遊ばせたあと、ようやく焦点を定めた。

*

――その日も、彼からのメールの返事はありませんでした。私は、下腹部に手を添えました。生理が来なくなって四ヵ月。堕胎《だたい》を決断するには、もうぎりぎりの時期です。

どうしよう。本当にどうしよう。病院に行くにしたって、どこに行けばいいの？

私は、そういうことに関しては、本当に世間知らずでした。妊娠しているかもしれないと思いながら、それを客観的に確認する手段を知らず、いいえ、知識では知っていたのですが、それを実行する行動力がどうしても伴《ともな》わず、そういえば想像妊娠というものがあるらしいからそれかもしれない、彼のことが好きすぎて妊娠したらいいと、無意識のうちに強く願いその結果、こんな妄想に囚《とら》われているのだ、そんな逃避に明け暮れる毎日でした。それでも、一度は、本当に病院の前まで行ったんです。でも、私は当時まだ十九歳で、未成年でした。きっと、保護者の承認とか、サインとか、そういうのを求められると思い、さらに、医者はこんなことになった事情を問い詰めてくるに違いない、そしたらなんて答えればいいのだろうと、急に怖くなり、逃げ帰ってしまいました。

あるいは、誰かに相談できていたら、こんなことにはならずに済んだのだと思います。でも、いったい誰に？　彼には無理です。メールだって、返事がこなくなっていました。たぶん、彼の気持ちはさめているんだと思います。それでも、十回に一回は返事がきます。私にとって、その十分の一が、心の支えでした。もし、こんな状態で妊娠のことを言えば、彼は必ず、完全に、私を見捨てます。十分の一の可能性が零《ゼロ》になってしまうのです。馬鹿馬鹿しいことかもしれませんが、当時の私にとっては、命にも等しい十分の一だったのです。それがなくなったら、私は生きていたくありません。

私にとって、彼はそれほど重要な存在だったのです。私の唯一の居場所でした。

うちには、居場所はありませんでした。なにか、どこかに間借りしているような、そんな宙ぶらりんな居心地の悪さがありました。父にも母にも不満はありません。まったくないといえば嘘になりますが、私たち家族は割とうまくやっていました。ひとりっこということもあり、両親とも私のことをとても可愛がってくれましたし、大切に扱ってくれましたし、叩かれたことすらありませんでした。

それがかえって、私には負担だったのかもしれません。両親は私に期待をかけ、私もそれに応えたかった。頑張りたかった。でも、私は、両親が思うほどいい子ではありませんでしたし、できる子でも特別な子でもありませんでした。私の本当の実力と本性を知ったら、両親は私を見捨てるかもしれない、私は、物心ついた頃から、そんな思いに囚われていました。なぜ、そんなふうに思うようになったのか、その原因は分かりません。もしかしたら、生まれつきの性分なのかもしれません。

とにかく、私は、いつも怯《おび》えていました。私の精神鑑定をしてくださった先生は、不安障害の一種だと診断してくださいました。なるほど、これは病気のひとつだったのですね。

そして私は、二十歳になっていました。これで、成人。病院に行ってもあれこれと詮索《せんさく》されることはないだろうし、保護者の承認も必要ないはず、そう思ってもう一度病院に行こうとしましたが、その頃、生理がなくなって半年は過ぎていました。ネットで調べてみましたら、もう時期は過ぎているようでした。

下腹は、日に日に膨《ふく》らんできました。

しかし、他の部位は変わらないまま、むしろ、食が細くなっていましたので二の腕や顔など外から見える部分は痩せていき、服を着ている限りは傍目《はため》からは分からない状態でした。

それでも、下腹部だけは不自然な膨らみ方をしていましたので、見る人が見れば疑いを持ったかもしれません。実際、母には、「最近、お腹回り、ちょっと太った？」などと言われましたが、まさか私が妊娠をしているなどとは少しも思わなかったのでしょう、誰も私の中で起こっている変化に気づくことはありませんでした。

私も、なるべく余裕のある服を着るなどして工夫をしていたので、それもうまくいったのだと思います。

不思議なことに、半年を過ぎた頃から、私の心労と悩みは徐々に軽くなっていきました。それまでは、妊娠という事実とそれを打ち消したいという思いが複雑に絡《から》み、死んでしまいたい絶望的な気分で悶々《もんもん》としていましたが、その頃になると、「これは強度の便秘のようなもので、でも、あと数ヵ月すれば解消される」と思うようになっていたのです。カレンダーを塗りつぶしては、「あと三ヵ月、あと二ヵ月、頑張れ、頑張れ」と、マラソンをしているような気分でした。この苦しみには必ず終わりがある。ゴールがある。そのゴールにたどり着けば、また元の生活に戻れる。だから、希望を捨ててはいけない、と自分を励ます日々が続きました。

母性というのはまったく育ちませんでした。憎しみ？　それもなかったように思います。そういう、生《なま》の人間に対して生じる感情は一切なかったと思います。なにしろ、お腹の中にいるのは〝便〟か〝できもの〟、母性も憎しみも愛情も育つはずはなく、あるとすれば、早く終わりにしたいという気持ちだけでした。

今になって思うのですけれど、母性というのは本能でもなんでもなくて、思い込みなのではないでしょうか。その思い込みも、誰かがちゃんと「こうあるべき」「こうしなさい」と教えてくれない限り、自然には生まれないのだと思います。母性の大本は理性が命令する義務感で、そこに愛情とか生き甲斐とかいうオプションがくっついて〝無償の愛〟とやらが育つんだと思います。

だから、〝義務〟や〝責任〟を感じる必要のない環境に置かれた場合、胎児なんて、生活を脅《おびや》かし、自分の体を乗っ取る得体の知れないエイリアン、一日も早く出て行って欲しい厄介ものでしかありません。……もしかしたら、そんなひどいことを考えるのは私だけかもしれません。そうなんです、私は、自分の子をエイリアンにしか思えないひどい子なんです。これが、私なんです。さらにたちの悪いことに、私は、周りにはいい子と思われていたかった。いい子であり続けるには、どうしても、お腹の子は邪魔だった！

そして、その日が来ました。三月三日。寒い寒い、ひな祭りの夜でした。その日、朝から鈍い腹痛が止まらず、私は部屋で休んでいました。部屋とトイレを何往復もしていました。家には、トイレが一階と二階にそれぞれひとつあり、二階のトイレは私の部屋の隣にあって、私が主に利用していました。両親とも一階にいることが多く、トイレもほとんど一階のものを利用していたので、事実上、二階のトイレは私専用でした。もし、トイレがひとつしかなくて、両親も使うトイレを利用するしかなかったら、もしかしたら。いいえ、仮定の話はしても仕方ないでしょう。

腹痛は、夜になるとますますひどくなりました。それは、頑固な便秘に似ていました。私は普段から便秘症で、一週間も二週間も排便がないときがあるのですが、そのときの出そうで出ないというような不快感がやってきたのです。もっと厳密にいうと、ひどい便秘の末、下剤を飲んだときの痛みです。長いこと腸の中で凝《こ》り固まった便を無理やり押し出そうとする、あの、のた打ち回る痛さに似ていました。痛くなったり和《やわ》らいだりする波も、まったく同じでした。だから、私は、そのときも、強度の便秘がもたらした症状なのだと思っていました。

何度目かの痛みがやってきてトイレで力んでいると、ふいに、おしっこのようなものがじゃーと排出されました。これも下剤を飲んだときと様子が似ていました。力んでいると、膀胱《ぼうこう》が暴走をはじめ、おしっこが無闇にでてくるのです。時間は、深夜になっていました。私はトイレを離れることができなくて、便座に座りながら、耐え難《がた》い痛さにどうすることもできず、壁を叩いたり、壁紙を剝《は》がしたり、ドアノブを引き抜こうとしたり、ハンドタオルを引きちぎったり、痛さを軽減するためにありとあらゆることを試みました。一方で、私は力み続けました。力むのをやめたら、苦しみは終わらないと思ったからです。私を苦しめる〝ブツ〟は、もうそこまで出掛かっている。早く、早く、それを出してしまわなければ。痛さのピークがやってきて、私はたまらず、声を上げました。

そのとき、それはすぽっと一気に吐き出されました。私の全身から急激に力が抜け、まるで鎮痛剤を何錠も飲んだかのような、ふわっとした感覚に包まれました。

出た。

あの脱力感と快感は、喩《たと》えようがありません。

私は、その脱力感を楽しむようにしばらくは便座に座り続けました。便秘が解消されたとき、いつもそうしているように。

でも、私はもう分かっていました。それは便秘ではない。だから、出てきたのは便ではない。私の体から出てきて、今、便器に落とされたもの。

私は、それを確認することがなかなかできなかった。見ないまま、流してしまおうと、レバーに触れたところで、それは、泣きはじめました。耳障りな甲高《かんだか》い声でした。駄目、一階の両親に気づかれる。

私は、その声を掻《か》き消そうと、急いでレバーを倒しました。水が流れる音がします。しかし、私の体の中から吐き出されたありとあらゆるものが穴につまってしまったのでしょう、その音は聞き慣れたものとは違いました。水位がどんどん上がってきて、それは、私のおしりまでやってきました。そして、とうとう便器から溢《あふ》れ、床に流れ落ちていきました。

水は、赤錆《あかさび》色に染まっていました。私は、腰を浮かしました。そのとき、お腹を引っ張られる感覚があり、恐る恐る見てみると、醜《みにく》いぬるぬるとした紐《ひも》状のものが私の性器から垂れ下がっていて、その先には、錘《おもり》のような重さを感じました。紐状のものは、錆色の水の中にあるなにかと繋がっているようでした。

私は今一度、腰を浮かしてみました。すると、しばらく消えていた泣き声が、また、聞こえてきました。それは、紐状のもので私と繋がっている〝なにか〟であると、私はいやでも認識するしかありませんでした。

私が、たった今産み落とした、嬰児です。

それが、ぷかっと浮かび上がってきました。その様は、ただただ薄気味悪く、私はとにかくこれをどうにかしなくてはいけないと、錆色の水の中に押し戻しました。それでも泣き声は止まらず、階段を上がってくる足音までが聞こえてきて、私は追い詰められました。私は、右手で嬰児を持ち上げると、左手でその口を塞《ふさ》ぎました。

「どうしたの？　なにかあった？」

母の声でした。

「ううん、なんでもない、ちょっと、お腹痛くて」

「お薬、飲んだ？」

「うん、飲んだから、大丈夫」

そして、扉の向こうから気配がなくなり、階段を下りる足音がして、やがて消えました。

　私は、手の力を抜きました。嬰児が、私の腕の中で、ぐったりとしています。それでも、まだ、生きていました。私には恐怖しかありませんでした。この生命力が恐ろしくて、薄気味悪くて、嬰児の口の中に、ハンドタオルやらトイレットペーパーやら、手の届くものを詰め込みました。

　泣き声は、ここで、ようやく止まりました。

　着ていたカーディガンを脱ぐと、それで嬰児をぐるぐる巻きにしました。ぐにゃぐにゃしていて、つかみ所がなく、一秒だって持っていたくありませんでしたが、ここにこのままにしておくこともできません。

　私は、臍《へそ》の緒《お》をつけたまま、それを隣の部屋まで運びました。まずは、臍の緒を切ってしまわないと。それから、トイレを奇麗に戻しておかないと。

　そのときの私は、親に悪戯《いたずら》が見つからないようにうまく隠蔽《いんぺい》することだけを考える子供のようでした。

　部屋に戻ると、机の引き出しからハサミを探し出し、それで、一気に臍の緒を切り離しました。カーディガンで包んだそれはそのまま床に放置し、トイレに急ぎました。私専用のトイレとはいえ、誰か他の人が入らないとは言い切れません。それに、便器からは濁《にご》った錆色の水が溢れ出し、床を汚していましたから、それが一階に漏れるかもしれません。

私は、濁った錆色の水に手をつっこみ、穴を塞いでいるものを掻き出しました。それはもう、何がなんだか分からないぬるぬるしたもので、私は気を失いそうになりましたが、でも、やらなければなりません。掻き出しているうちに、水位は少しずつ減っていきましたので、もう大丈夫とレバーを倒して水を流しましたが、駄目でした。きっと、排水管の中でつまっているんです。水は流れずに、それどころかさっきよりも多い量の水が溢れてきました。

私は、すでにくたくたでした。体力はとっくに限界を超えており、その場にへたり込んでしまいました。そのとき、何か、泣き声が聞こえました。生きている？　私は慌てて立ち上がり、部屋に向かいました。便器から溢れた水は廊下にまで流れてきていて、私は足をとられ、転倒しましたが、それでも這いながら、部屋に戻りました。泣き声を止めなくちゃ、止めなくちゃ。

部屋に戻ると、泣き声は消えました。気のせいだったのでしょうか？　それとも。

カーディガンをそっとめくってみると、そこには、顔がありました。そのとき、私は、はじめて赤ちゃんの顔を見たのです。似てる、彼に似ている、この鼻、この唇。

そのとき、思いもよらない感情の波が押し寄せてきました。母性というやつでしょうか、愛情というやつでしょうか。それは、トイレの水が溢れかえるよりも速いスピードで、私の中を一杯にしました。

「赤ちゃん」言いながら、私はその子を抱きしめました。しかし、すべてが遅すぎました。赤ちゃんは、さきほどの生命力が嘘のように、か細く、冷たく、小さく、……死んでいました。

そのあとのことはよく覚えていません。気がつくと朝で、私は赤ちゃんを抱きしめながら、床に倒れ込んでいました。目を開けると、母親の泣き顔が見えました。母は、ひたすら、泣いていました。それを見ていて、私も悲しくなりました。

私はやっぱり、いけない子だ。ごめんなさい。そして、抱いていた赤ちゃんを、母親に渡しました。

＊

「赤ちゃんは、女児でした」

弁護士の声が、ふいに、耳に飛び込んできた。

「川島さんは、三月四日の夕方、両親に付き添われ、警察に自首しました」

しかし、その声は徐々に遠のき、豊は、今度は壁に広がる油汚れを、ぼんやりと、眺めた。

「そのメモにもありますが、彼女、しきりに、『自分には居場所がなかった』と言っています。これは、今の子特有の感覚なんでしょうか？　自分の居場所がない、本当の自分を探したい。若い人はそんなロマンチックなことをこぼしますけどね、所詮、どこに行ったって、同じなんですよ。どこにも居場所なんかない。この世の中全体が簡易宿舎みたいなものですから。それを理解しないことには、次には進めない」

男は、また例の笑みを浮かべた。もしかしたら、この笑みは、男なりの思いやりからくるものなのかもしれない。

「証言台に、立っていただけますか？」

男は、豊の手からメモをそっと引き抜くと、言った。

はい。豊は答えた。これ以外の回答があるだろうか。

しばらくすると、鼻の脇を何かが流れた。涙？　これは、なんの涙だろうか。

「……あの子は」豊は呟《つぶや》いた。「あの子は、今、どうしているんでしょうか？　刑務所でしょうか」

「刑務所は、刑が確定してから入る場所です」

「なら、留置場?」

「いえ。保釈が認められましたので、今は、自宅です」

「そうですか。……それはよかった」

涙が、次々と顎《あご》にたまる。それは大きな滴《しずく》となって、カウンターのテーブルに落ちた。

「では、これで失礼します」

「俺は、なにをすれば?」

「特に、なにもありません。証言の内容もすべて、こちらで用意します。またご連絡しますので、それまでお待ちください。では」

男が出て行ったあと、入れ違いで、マスターが出勤してきた。掃除が途中だったことを思い出す。しかし、豊はなかなか次の行動に移ることができずにいた。

ピーナッツが、転がっている。豊はそれを摘み上げた。

――俺は、なんの自覚もないまま、父親にされ、犯罪の原因になってしまった。自分の意思の届かないところで、望んでもいない何者かにされてしまった。世の中を動かしているのは、誰なんだろう。少なくとも、自分ではない。少なくとも、俺の運命の手綱《たづな》を握っているのは、あの女、ミキだ。

……ほら、やっぱり。底なし沼に引きずり込まれたじゃん。

豊は、ピーナッツを皮ごと口に押し込むと、それを奥歯で嚙み砕いた。

とにかく、仕事、しなくちゃ。今は、すべてなかったことにして、仕事に打ち込もう。豊は、雑巾を絞ると、それを壁に押し当てた。


なのに、その油染みはなかなか取れなかった。

これは、なんなのだろう？　血？

思ったとたん、胃から苦いものがせり上がってきた。それはあっというまに口の中をぱんぱんにし、豊はトイレに走った。

便座の蓋を開けた途端、口の中のものが勢いよく飛び出した。それはみるみる便器に溢れ、いつ食べたものなのか、真っ黒い塊《かたまり》がぽこっと浮いてきた。

急いでレバーを倒して、水で流す。が、つまってしまったのか、汚物は流れるどころか、物凄いスピードで膨張をはじめ、ついには、便器から溢れ出した。黒い塊がぽっこりと、こちらに向かってくる。豊はトイレットペーパーを力任せに巻き取ると、それを黒い塊に向かって投げつけた。それがいけなかったのか水量はますます増え、床に向かって大量に流れ出す。黒い塊はいつのまにかソフトボールほどの大きさに膨らみ、便器の中をぐるぐると回りだした。

なんなんだ、これは。あっちに行け、流れてしまえ！

どこからか、赤ん坊の泣き声がしてきた。便器の中から？　底に、赤ん坊が？

黒い塊が、くるりと向きを変える。ボウリングの球《たま》ほどに膨らんだ血まみれの顔。

そして、小さな白い手が、便器の縁《ふち》を握り締めている。

豊は、残りのトイレットペーパーを丸ごと便器に投げ込むと、レバーを倒し続けた。

濁った水が、踝《くるぶし》のあたりまで上がってきた。

黒い塊はいつのまにか床に流れ出し、豊の足元にぷっかり浮いている。白くて小さな手が、足首を摑《つか》む。

いやだ、来るな、あっちへ行け、消えろ、流れろ！

「豊、どうした」

マスターの声に、豊はゆっくりと瞼《まぶた》を開けた。

見ると、便器の中、水が渦巻きを描いて勢いよく流れている。床は元通りで、黒い塊もない。トイレットペーパーもそのままだ。

「故障でもしたのかと思った。ずっと、水が流れているから」

マスターが、呆《あき》れ顔で豊の指先を見た。

どうやら、水洗のレバーをずっと倒し続けていたようだ。

「赤ん坊」

レバーから指を離すと、豊は呟いた。

「赤ん坊の泣き声、しませんか？」

「はあ？」

マスターの髭面《ひげづら》が、困惑の表情で豊を覗き込む。

「おまえ、大丈夫か？」

大丈夫です。大丈夫。ちゃんと、証言台には上りますから。責任はとりますから、
だから——。

＊

「あれ？」

その事実に気が付いたのは、新宿駅のホームだった。足元を見ると、白線から大きくはみ出している。鼻先を、電車が過ぎていく。

いつもより三時間早い、夜八時。客が少ないからと、マスターが珍しく早退を許してくれた。たぶん、一番の理由は、この顔色だろう。ホームの鏡に映った顔は、まるで生気がない。豊は鏡に映った自身の姿を見ながら、「あれ？」ともう一度、呟いた。

――さっきの、メモ。ミキの供述を書き留めたあのメモには、今年の三月三日に赤ん坊を産み落として殺害したとあった。そうだ、ひな祭りと確かに書いてあった。ということは、妊娠したのは……。

俺がミキと初めて寝たのはいつだったっけ？　……去年の七月だ。そう、夏休みに入ってすぐのことだから。七月の中頃だ。

仮に、七月十五日として。

豊は、小学生のように両手を広げると、一本一本、指を折っていった。

計算合わないじゃん。

いや、もしかしたら、ちょっと早めに生まれたのかな？　そもそも、妊娠してどのぐらいで出産日を迎えるんだろう？

ホームに、電車が滑り込んできた。もう、すでに三本ほど、見送っている。今回も見送ろうとしたとき、車内に、妊婦らしき女性が座っているのを見つけた。お腹が大きい。

慌てて乗り込むと、豊はその女性の前に陣取った。

「あの」

唐突に声をかけてきた豊に、女性は咄嗟《とっさ》に身構えた。その顔は警戒心でがちがちだ。

「赤ん坊って、どのぐらいでお腹から出てくるもんですか?」

女性の顔がさらに強張《こわば》り、無数の視線が一斉に飛んできた。我に返った豊の脇に汗がじわっと広がる。

こそこそと隣の車両に移動すると、今度は携帯電話を取り出した。

〝妊娠〟というキーワードを打ち込みネット検索すると、疑問はすぐに解決した。

約九ヵ月。受精後胎齢と月経後胎齢の二種類の数え方があるようだが、そんな小難しいことはどうでもいい。

九ヵ月。

豊は、改めて、指を折ってみた。

はじめてのエッチで妊娠したとしても、……八ヵ月。

やっぱり、計算が合わない！

「俺の子じゃないじゃん！」

独り言のつもりが、車内中に響いてしまったようで、再び、無数の視線を浴びる。

またまた脇に汗が広がったが、ありがたいことに電車は停まった。縁《えん》のない駅だったが、豊は人込みに紛れて飛び降りた。

「畜生……」

豊は、今度は慎重に舌打ちした。が、人込みがホームから去ると、「ちくしょう！」と、ダストボックスを蹴り飛ばした。

あの女。ミキの野郎、他の男の子供を俺の子供だと嘘つきやがって。弁護士まで送り込んで、証言台に立てだなんて。俺、マジでびびって、人生、終わりだと思った。もうちょっとで、線路に飛び込むところだった。その前に気が付いて、ほんと、ラッキーだった。それにしてもだ。

ちくしょう！

処女じゃなかったのかよ。初めてだって言ってたじゃんか。これだから、女ってさ！　あんな顔して、平気で嘘をつく。あんな顔して、平気で複数の男と関係する。クソビッチが！

そもそも、なんで俺なんだ？　なんで俺を子供の父親だと言った？　俺だったら、まんまと騙されると思ったか。証言台で、弁護士が用意した原稿を、しおらしく読んでくれると思ったか。俺だったら、裁判官と裁判員の同情を買えると思ったか。出会い系で知り合って、男に言われるがままエッチして、妊娠してしまいました。私は悪くないんです。男がいけないんです、男が！　……どうせ、そんなシナリオを用意してあるんだろう。もしかしたら、レイプされました、なんていう捏造《ねつぞう》をするつもりだったのかもしれない。

ちくしょう！　ちくしょう！　ちくしょう！

怒りは収まらず、豊はダストボックスを蹴り続けた。

駅員がそれに気づき、こちらに近づいてくる。豊は、到着したばかりの電車に飛び乗った。

このままでは、収まらない。あの女に言ってやりたい。何度も電話をしてみるが、ミキは出なかった。

ちくしょう！

居留守を使ってやがるな。ミキのくせして、生意気だ。いや、あいつの本性は、俺が知っている従順なミキじゃない。俺を騙そうとした糞女《くそおんな》、これがあいつの本性だ。

そんなことより、車内がずいぶんと空《す》いているじゃないか。ここはどこだろう？

もう、そろそろだろうか？　が、車窓の外は真っ暗で、自分の知っている駅付近の夜景ではない。なんだ、このローカルな景色は？

次は、小田原《おだわら》でございます。

そんなアナウンスが聞こえてきて、豊は今一度、車窓の外を見た。

小田原？

終点まで来ちゃったのか。っていうか、そもそも、乗る電車間違ってんじゃんよ！　ちくしょう、あの糞女のせいで！

あ、待てよ。ミキの野郎、小田原に住んでいるって言ってなかったか？　そうだ。小田原から新宿まで通学しているって。ちょっと遠いけど、行きは座れるから結構便利よ……みたいなことを。真剣に聞いてなかったから、家がどこかまでは覚えてないけど、そうだ、小田原に住んでいるって、確かに言っていた。小田原の……、どこだったろう？　なんか、カタカナ文字の町だった。

あ。そういえば。

ずっと忘れていたが、会ったその日に、住所を交換したはずだ。そのデータが、携帯の住所録に登録されているはず、……これだ。

小田原市ランタン町……四〇五号室——。

ランタン？　ちょうちん……、小田原ちょうちんかよ！　おしゃれな名前つけてんじゃねーよ！　なにがランタンだよ！　ちょうちん町でいいじゃねーかよ！　どうせ、市のお偉方《えらがた》が女どもの票を意識して、スイーツな名前にしたんだろうよ。ああ、どうして、世の中はここまで女どもに優しいんだろうね！　顔色を窺うんだろうね！　女なんて、ただの小汚い詐欺師じゃねーか！　なにが社会的弱者だよ、なにがジェンダー・フリーだよ。弱者であることを盾にして、善良な男を攻撃する、小狡《こずる》いテロリストじゃねーかよ！　ありとあらゆる嘘をでっち上げて、世の中の同情を買う手段をあれこれと画策して、人の稼ぎで悠々と平均寿命八十六歳までしぶとく生き残る寄生虫じゃねーか！　処女だと？　それを言えば世の中の男どもが尻尾《しっぽ》を振って喜ぶと思いやがって。妊娠だと？　それを言えば、世の中の男どもがすべて降参すると思いやがって！　ああ、そうだよ、俺はうっかり、その罠《わな》にはまりそうになったさ、泥沼の罠にな！

不条理に対する怒りが次々と込み上げてきて、豊はシートを蹴り飛ばした。それを合図にしたかのように、電車は停まり、ドアが開く。

小田原駅だ。

豊は、電車から飛び降りると、そのまま改札へと走った。

マンションはすぐに見つかった。エントランスの小田原ちょうちんのオブジェが、なにか腹立たしい。

四〇五号室のインターホンを押すと、年配の女の声が応えた。

ミキの母親だな。ここは冷静に。興奮したら、このセキュリティは突破できない。下手《へた》したら、警備会社の連中が飛んでくる。

「夜分、すみません。田辺です。田辺豊。今度、証言台に立つことになりました」

「……証言台に？」

「はい、今日、弁護士がやってきまして――」

「ユタカくん？」

その声は、ミキだった。そののんびりとしたアニメ声を聞いて、怒りが再燃した。この糞女！　しかし、豊は衝動をぐっと抑えると、いつもの調子で言った。

「ちょっと、話があるんだ。開けてくれるかな？」

「でも、パパとママがいるんだけど。……それと」

「うん、せっかくだから、ご両親とも話がしたい」

二人きりで話したところで埒《らち》があかない。ここは、両親にも事情を説明して、俺は赤ん坊の件とは一切関係ないことを宣言しておかなくては。

しばらくすると、エントランスの扉が開いた。

豊は、こぶしを握り締めると、足を進めた。

＊

それから、なにがどうなったのか。

我に返ると、床も壁も血しぶきで、真っ赤に汚れていた。

玄関先に倒れているのは、ミキの父親。電話台の近くに倒れているのは、ミキの母親。足元に倒れているのは、ミキ。その背中には包丁が突き刺さっている。そして、居間の真ん中で半裸で転がっているのは、知らない男。

ミキのやつ、保釈中にもかかわらず、もう新しい男を連れ込みやがって。

たぶん、これがスイッチだった。はじめは、理性的に話していた。が、若い男が「あれ、ミキ、どうした?」と風呂場から出てきたとき、殺意のスイッチが押された。

　このクソビッチ！

　そう叫ぶと、豊は、ミキの頸《くび》をしめつけた。

　すると、ミキの父親が後ろから押さえつけてきた。斜め横では半裸の男が、鉄アレイで威嚇《いかく》している。

　豊は父親を撥《は》ね除《の》け、キッチンから包丁を持ち出すと、半裸男の腹めがけて、包丁もろとも飛び込む。

　後ろからは母親の悲鳴。振り返ると、母親が電話台に駆け寄ろうとしている。警察を呼ぶ気だな、そうはさせない。豊は、次に母親の背中に包丁ごと飛びついた。

　残ったのは、父親だ。がたいのいい父親だが、すっかり怯え、膝をがくがくさせながら玄関に逃げようとしている。男なんて、所詮、そんなものだ。いざというときは、役立たずなんだ。豊は父親の頸を切りつけた。

　気絶していたミキの意識が戻り、匍匐《ほふく》前進でこちらにやってくる。そして豊の足にしがみついた。

　ミキは言った。

「なんで？」

それは、こっちのセリフだ。
このクソビッチが！
そして、豊はミキの背中に包丁を突き立てた。

「俺、……なんてことを」
正気に戻った豊は、浜に打ち上げられたナマコのように、その場にへたり込んだ。
死体は、一、二……四体。四人も殺しちゃったよ。
マジ、どうしよう。四人も殺したら、間違いなく、死刑だよな。
……俺、終わったわ。
遠くから、サイレンの音が聞こえる。どうしよう、このままでは、確実に捕まる。
死刑だ。
窓が開いている。
そうだ、あそこから逃げよう。今から行けば、最終電車に間に合うはずだ。

＊

『このクソビッチが！』これが、彼の最期の言葉でした」

小田原中央病院。斉藤美紀子《さいとうみきこ》は、ベッドに横たわりながら、事件当時の様子を刑事に話して聞かせた。

「彼は私の背中に包丁を突き立てましたが、幸いそれは致命傷にはなりませんでした。でも、彼は私が死んだと思ったようで……。私がいけないんです。私がすべていけないんです。私が、最後にしようってメールを出したから、彼、逆上してしまって、小田原までやってきたんです」

「別れ話を切り出したんですか？」刑事の問いに、美紀子はゆっくりと頷いた。

「彼の横暴さについていけなくなって。別れようと思ったんです。だから、メールを。私が、あんなメールを出さなければ、こんなことには……。私がいけないんです、私は、そういう女なんです、人を不幸にしてしまう、いけない女なんです。ユタカくんも、私と出会わなければ、こんなことには……」

「いや、しかし、不幸中の幸いでしたよ。田辺豊が持ち出した包丁が、錆びたウェーブナイフで。おかげでことごとく急所ははずれ、みなさん、軽傷ですみました」

「はい。両親も兄も、そして私も、一週間もすれば退院できるとのことです。でも」

美紀子は、両手で顔を覆った。

「ユタカくんは、死んでしまいました。……私のせいです、私のせいなんです！　私は、魔性の女なんです！」

＊

翌日、ウェブニュースのトップに『小田原市ランタン町の惨劇』という見出しを見つけた。犯人の顔写真も大きく載っている。

「ウソ」

川島理沙《りさ》は、その顔と名前を見ても、しばらくは信じられなかった。しかし、弁護士から電話がきたとき、ようやく現実を受け入れた。

「田辺豊は斉藤美紀子さん宅に押し入り、ナイフを振り回して暴れた挙句《あげく》、窓から飛び降りて、亡くなりました。どうやら、無理心中を図ったようですね。典型的な痴情のもつれってやつです。しかし、ひどい男ですね。あなたを妊娠させた上、他の女とも付き合っていたなんて。ああいう男にとって、女なんて記号みたいなものなんでしょうね。あなたの名前を言っても、はじめは分からない様子でしたし」

「まあ、それは、……私、フルネームは教えてなかったから」

「え？　そうなんですか？」

「出会い系なんて、そんなものですよ。みんな、ハンドルネームしか知らないんです」

「そういうものですか。いずれにしても、困りました。……それで、どうしましょう？」

　弁護士の言葉に、理沙はすぐには答えられなかった。理沙は、電話のコードを右の人差し指に巻きつけた。

「どうしましょう……って？」

「情状証人として召喚する予定でした田辺豊が、このようなことになって」

「情状証人はどうしても必要ですか？」人差し指に食い込むコードを眺めながら、理沙は言った。

　あ、ネイルが剝《は》げている。明日、サロンに行かなくちゃ。

「情状証人の証言しだいで、裁判官と裁判員の心証がかなり違ってきます。実刑が執行猶予になることもありますし、その逆もあります」

「執行猶予にできるものも、実刑になるってことですか？」

「そうです」

「それは、困ります」理沙は、人差し指からコードを解《ほど》いた。

「実刑なんて、死んでもいやです。必ず、執行猶予にしてください」

「ええ、もちろん、そのように努力はしますが……」

「ちょっと待ってください」

電話を保留にすると、理沙は、手帳を開いた。そこには、出会い系サイトで知り合った男の名前がずらずらと書かれている。その横にある日付は、セックスした日だ。

あ、この人。この人も父親の可能性がある。

理沙は、再び受話器をとった。

「すみません、私、勘違いしてました。父親は田辺豊ではなくて、広告代理店に勤める——」

ネイルアート

自己の判断でお蔵入りにした原稿がある。七年前のことだ。

それは誰にも見せないままパソコンのフォルダに収納していたが、そのパソコンが今日、再起不能となった。

棚に飾ってあったオブジェの中味をうっかりぶちまけてしまったのが理由で、それでもしばらくは健気《けなげ》に動いていたのだが、ハードディスクがカタカタと妙な音で鳴りはじめ、ついには変な臭いがしてきて、ガチャグチョガラリンプシューとけたたましい音がしたと思ったら、ディスプレイが真っ暗になった。本体の電源ボタンを何度も押してみるがまったく反応なし。

データに関しては外付けのハードディスクにバックアップをとっていたので大した被害にはならなかったが、メールのアドレス帳はすべて失った。百人以上登録してあったはずだ。力が抜ける。が、それ以上にダメージなのは、やはり〝お気に入り〟を駄目にしたことだった。この七年間、せっせと集めて分類したものなのに。

とはいえ、パソコンをそろそろ買い替えなくてはと考えていたのでいい機会だった。地元の量販店からパソコン一掃セールのダイレクトメールも来ていた。慢性的な金欠病ではあるが、十万円程度ならなんとかなる。

あれこれと悩んだ結果、S社のノートパソコンとT社のデスクトップまで候補を絞り込んだ。値段とスペックと見た目を照らし合わせて僅差《きんさ》でT社がS社を上回ったが、問題なのはデスクトップという点だ。これを買ってしまったら配送してもらわなければならない。どのぐらいかかるかと聞いてみたが、最短で明後日の午後。遅い。締め切りを間近に控えている原稿があるので、今日中にセットアップまで持ち込みたい。結局、持ち帰り可能なノートパソコンにした。

オブジェの中味をぶちまけたのが朝で、ダイレクトメールを思い出したのが昼過ぎ、量販店に到着したのが午後一時で、そして家に持ち帰ったのが四時半だった。

早速《さっそく》パッケージから真新しいパソコンを取り出し、セットアップに勤《いそ》しむ。作業は順調に進み、ネットの接続も難なくこなせたが、メールソフトの設定で少々てこずった。プロバイダからもらった書類の通り、ＩＤとサーバー情報を入力するも、エラーがでてしまう。一時間ぐらい自力であれこれとやってみたがどうしても駄目で、プロバイダのカスタマーセンターに電話してみる。問題は、あっけなく解決した。パスワードの入力が間違っていただけだった。

めでたく設定が終了したメールソフトに、早速、メールが届く。X出版文芸編集部のKさんからだった。

「短編のお願いです。フェティシズムをテーマにしたホラー作品が欲しいのですが。いかがですか？」

もちろん断るわけがない。仕事の依頼ほど嬉しいものはない。

「了解です。こちらこそ、よろしくお願いします」

私は、返事を出した。

そして、やりかけの原稿をひとつアップし、これを入力している次第である。

購入したばかりのパソコンは、概《おおむ》ね順調だ。ただ、キーボードが少し慣れない。変換もスムーズではなく、いちいち文節を切りなおして、いちから漢字や言い回しを教え込まなくてはならないから、厄介だ。今の時点で原稿用紙換算三枚ちょっと入力しているのだが、前のパソコンと比較したら倍とまではいかないが、結構な時間を費やしてしまっている。

さて、今、私が考えているのは、七年前、自分の判断でお蔵入りにした原稿をひっぱりだしてくることだった。あの原稿ならば、今回の依頼条件にぴったり合っている。

ただ、問題があった。

ひとつは、その原稿データを保存していたパソコンを、今朝、お釈迦《しやか》にしてしまったということだ。外付けのハードディスクにはバックアップはとっていない。

もうひとつは、その原稿が、実体験を基にしている点だった。さらに、ある有名企業がからんでいる。せっかくの原稿をボツにしたのは、その企業名を出すことで後々問題を生むのではないかと考えたからだ。いわゆる自主規制というやつだ。

実は、さらにもうひとつ問題があった。

それは、後に記そう。

ところで七年前といえば、いわゆるITバブルの真っ只中だった。そのバブルがあっというまにはじけたのは周知の通りであるが、渦中《かちゆう》にいると、はじけるなんて想像すらしない。むしろ、ITこそ産業革命に次ぐ大革命で、その流れに乗らないと時代に乗り遅れる、はじき出されると、我も我もとIT事業に乗り出していた。その背景にあったのはいうまでもなくインターネットの普及で、個人も企業もこぞってインターネットビジネスに飛びついていた。まさにゴールドラッシュ、無秩序状態の無法地帯。隙間もあちこちにできていた。隙間ができたおかげで、おもいがけなく仕事にありつくことができた連中も多い。

私も、その一人だった。

＊

当時、私はフリーライターという職業に就いていた。

家電製品やパソコンなどに付属されている取扱説明書の内容を書くのが主な仕事だったが、コラムの仕事も増えていた。といってもホームページに載せる「ちょっといい話」とか「お役立ち情報」とか、いわゆる無署名の囲み記事で、サイトの主宰である企業のイメージにからめて記事を書かなければならなかったので、不本意なことも多々あった。しかも、原稿料も大してよくない。取材費や参考資料などを差し引くと、足がでることもままあった。それでもステップアップのきっかけになるかもしれないと、結構力を入れて原稿を書いていたものだ。

当時の私の状況を簡単に表現すれば、「薄利多売」、あるいは「自転車操業」だった。下請け稼業の常ではあるが、仕事をすればするほど赤字になるという悪循環が続き、それでも仕事をしないでは生活できない、今月の支払いをどうにかやりくりするために少々条件の悪い仕事でも引き受ける、というのが当時の私だった。

さて、その年の六月、大手家電メーカーのQ電機から仕事の依頼がきた。

当時、Q電機は自社の商品に合わせて、料理や育児などのテーマでいくつかのサイトを運営していたが、どれもうまくいっていなかった。もともと仕事をしていたメーカーだったのでちょくちょくサイトはのぞいていたが、特に育児サイトがひどいことになっていた。いつのぞいても、掲示板が火を噴いている。ちょっとしたことで言い争いがはじまり、管理人が火消しに出るのだが、逆に管理人が叩《たた》かれる。問題の記事を削除しようものなら、「なぜ消したのですか。言論の自由の弾圧ですか」と、さらに油が注がれる。メーカーの看板を背負っているのがあだになり、管理人もあまり強く出られない。強く出たら、不買運動につながる恐れもあるし、逆恨みを買いクレーマーを作り出す原因になるかもしれない。

そんなこんなで、管理人がノイローゼになり閑職に追いやられたという噂が耳に入った。以前、他の仕事で名刺交換をしたことがある人だったが、いかにもキャリアウーマンというようなハキハキとした女性で、強面《こわもて》の男性の上司にもはっきりとものが言える、気丈夫な人だった。割合きれいな人で、流行をそれとなく取り入れた服装はいつでも素敵だったし、ナチュラルメイクは完璧で、ネイルアートが趣味だというだけあって爪の手入れにも神経が行き届いていて、まさに仕事もプライベートも充実していますというような女性だったのだが、そんな人がノイローゼになるというのだから、よほどのことである。

「気の毒に」などと他人事《ひとごと》のように思っていたら、私にお鉢が回ってきたというわけである。その年の六月、第一週目の水曜日、恵比寿にあるQ電機の本社に、私は呼び出された。

はじめはコラムの依頼だったのが、打ち合わせをしているうちにweb部門をしきるチーフがでてきて、「MaMaガーデンの管理もお願いできますか」と打診された。〝MaMaガーデン〟とは、例の育児サイトの掲示板のことだ。

「いやいや、私が管理人なんて、器量不足です」

MaMaガーデンの惨状を知っていた私は丁重に断った。が、提示されたギャランティに少しだけ目が眩《くら》んだ。それまでコラムから上がっていた収入は月に二万円弱、それが、中堅正社員の月給に匹敵する額を支払うというのだ。この定収入が確保できればひどくありがたい。口元がにやりと綻《ほころ》びかけたが、荒れた掲示板を思い出して、咄嗟《とっさ》に手を振った。

「あ、でも、他にも仕事がありますので、通勤するのは無理ですし、拘束されるのも……」

「在宅勤務でOKです。空いている時間に掲示板をのぞいていただいて、不適切な書き込みがあれば対処していただいて。そして、週一回、勤務状況や掲示板の動きをまとめて週報を出していただければ」

在宅、空いている時間、週一回だけの報告。私の目は再び眩んだ。

「あ、でも、やっぱり無理です。うち、ダイヤルアップ接続で、電話代が……」

「それもこちらで負担いたします」

断る理由がなくなった。

「はい。お引き受けいたします」

私は応えた。


アパートに戻ると、早速、例のチーフから管理人用のIDとパスワードがメールで送られていた。

これがあれば、記事の編集、削除はもちろんのこと、アクセス解析も閲覧することができる。掲示板に参加できるユーザーには、IDとパスワードを提供する代わりにあらかじめ本名と住所と電話番号などの個人情報を提出してもらっているから、どこのどいつがどんな記事を投稿していて、どこのどいつが何時何分に閲覧しているのかは一目瞭然だ。他にどんなページを閲覧していたのかリンクも辿《たど》ることができる。もっとも、個人情報に関しては偽の情報を提出している場合もあるから一〇〇パーセント信憑性があるわけではないが、今ほど個人情報に対して神経質ではなかった当時、ユーザーも気軽に自分の情報を提供しているケースがほとんどだった。

要するに、ユーザーは丸裸だったわけである。

丸裸であるにも拘《かか》わらず、ユーザーは普段使用している〝ハンドルネーム〟で油断しているせいか、実世界《オフ》では絶対言わないような本音を吐き出すことが多かった。いつもは穏やかな人が車のハンドルを握ると性格が変わる、まさに、アレである。

人間、建前という鎧《よろい》が外されると、実に恐ろしいものだ。

本音と建前を使い分ける文化は他の文化から非難されることも多いのだが、建前をまったくなくしたらたぶん、とんでもなく殺伐とした世界になるであろうというのが私の持論である。やはり建前は必要で、それがオフでは潤滑剤になるのだ。ただ、建前ばかりが重要視される文化圏においては、本音のほうにかなりの皺《しわ》寄せがいっているのも事実で、相当な不平不満がヘドロのように堆積《たいせき》しているのは間違いない。それを上手に浄化できないまま〝ハンドルネーム〟という隠れ蓑《みの》を手に入れた場合、問題が続出することは想像に難《かた》くない。そんな中、権限が与えられていながらそれをなかなか行使できず、小火《ぼや》がでるたびに消火にあたり、なおかつユーザーの不平不満をまるくおさめなくてはならないのだから、管理人という仕事は、なかなかに荷が重い。とはいっても、仕事である。管理人用のIDとパスワードを手に入れた私は、どれどれと掲示板をのぞいてみた。

一見穏やかそうな記事が並んでいる。が、よくよく読むと、背筋が寒くなるような静かなバトルが繰り広げられていた。

〝ユカリンママ〟というユーザーの書き込みに、〝エリザ〟というユーザーが、ねちっこく絡んでいた。エリザさんは、新参者のユカリンママさんが「はじめまして」と挨拶しなかったことが気に入らなかったらしい。ネチケットだとかなんとか言いながら、くどくどと煩《うるさ》い。もちろん、その文面は「いかがでしょうか?」とか「どう思われますか?」などと丁寧なのだが、それがかえってとげとげしいのだ。そんなエリザさんを助太刀《すけだち》するような書き込みもいくつかある。エリザさんはこの掲示板開設当時からの常連さんで、牢名主……もとい、ムードメーカーのような立場にあり、手下……もとい、賛同者も多かった。

賛同者のひとり、〝うさぴょん〟さんの記事が、ますます拍車をかけていた。うさぴょんさん曰《いわ》く、

「ハンドルネームをお付けになるときは、先に参加していらっしゃる方のハンドルネームをあらかじめ検索して、ダブってないかお調べになるのがネチケットではないでしょうか？　〝ユカリン〟さんというハンドルネームの方はすでにいらっしゃり、あなたが〝ユカリンママ〟というハンドルで参加されますと、大変混乱いたします」

対して、ユカリンママさんは、

「〝ユカリンママ〟というのは、ここに参加する前から使用していますし、他のサイトやフォーラムではこれをずっと使用しています。それに、このハンドルネームは私の娘の名前が由来ですので、これを変えると娘も傷つきますので、できません」

強く出たユカリンママさん、が、うさぴょんさんも負けていない。

「あなた自身にお名前はないのですか？　そもそも、最近は、頭に子供の名前をつけて〝～ママ〟とか〝～パパ〟とかするケースが多いのですが、私はとても疑問に思います。親も子供も独立したひとつの人格なのですから、ナントカのママとかナントカのお母さんとかいう呼び方は、私は好きになれません。そんなふうに呼ばれると不快

です」

うさぴょんさんの意見に別の二人が賛同する。「私もうさぴょんさんの意見に同感です。ナントカちゃんのお母さんなんて呼ばれるとカチンときます」「同意です。私の存在が無視された気分になります」

対して、ユカリンママさんにも、援軍が現れた。〝まーくんママ〟さんだ。

「私は、保育園では、まーくんのママ、まーくんのお母さんと呼ばれていますが、不快どころか埃《ほこり》に思っています。なぜなら、私は母親だからです。最近は、母親である前に一人の人間とか一人の女とか言い張る方も増えていらっしゃいますが、それは母親であることを放棄しているようにも見え、好きになれません。そういう方が増えたからこそ、今の日本はおかしくなったのです」

まーくんママの意見は素晴らしかったが、変換ミスがまずかった。

「埃ってなんですか」

と、案の定、揚げ足取りがはじまった。

それからは、エリザ軍とユカリンママ軍の、静かなバトルが続いている。はじめの記事が投稿されたのが朝の十時で、今は午後の四時。六時間も、泥を投げ合っているのだ！

まったく。私は、IDとパスワードを入力して管理人画面に飛んだ。どこのどいつが、こんな馬鹿らしいバトルに参加しているのか。この管理人様があなたたちを素っ裸にしてあげる。私は、プチ独裁者にでもなった気分で、アクセス解析のページを開いてみた。IPアドレス、――記事を投稿した人のパソコンに振られているアドレス、喩《たと》えるなら〝座席番号〟を確認するためだ。……そして、ぶっとんだ。バトルに参加しているユーザーのIPアドレスは、たったふたつ。エリザさんとユカリンママさんのものだ。つまり、それぞれ一人何役も演じて、自分を援護する記事を投稿していたのだ。自演というやつだ。

……なんじゃや、こりゃ。

さっきまでのプチ独裁者の気分が急激に萎《な》えて、全身に鳥肌が立った。

これは、想像以上だ。私に務まるのだろうか。

……しかし、正式に仕事を受けてしまったからには、何もしないわけにはいかない。とにかく、このバトルをどうにか鎮静させなくては。すでに、噂を聞きつけた有《う》象無象《ぞうむぞう》が多数、あちこちの掲示板やサイトから見学に来ている。その数、千アクセス以上。書き込みはパスワード制だが、閲覧は一般にもオープンにしている。このまま放置したらますます野次馬が増え、このサイトを主催しているQ電機の評判を落とすことになる。

というか。あんたたち育児はどうしたのよ？　家事は？　こんな真昼間に六時間も、なにやってんのよ……。

記事を眺めているうちに、私はどんどん腹が立ってきた。この時間、世間のほとんどの人があれこれと忙しくそれぞれの仕事や勤めを果たしている。私だってそうだ。それなのに、あんたたちときたら。そもそも私は小心者だが、怒りが込上げてくると、後先考えないで行動するところがある。

エリザさんとユカリンママさんの記事をすべて選択すると、削除ボタンを押す。『削除していいですか？』と削除確認のメニューが表示されたが、「ええ、こんなのは削除するに限ります」と、私はぽちっと〝はい〟をクリックした。

クリックしたあとは、猛烈な後悔が落ちてきた。私はたちまち、いつもの小心者に戻っていた。

……問題にならないだろうか？　報復されないだろうか？　逆切れしたあの二人が、掲示板をめちゃくちゃにしないだろうか？

心臓がばくばくする。

更新《リロード》ボタンを押し続けながら、私は掲示板を監視し続けた。

……いったい、今日だけでどのぐらい電話料金がかかっているのだろうか。自腹だったら、とてもじゃないが、やってられない。というか、本当に電話代も払ってくれるのだろうか。もしかして、土壇場になって、「上限一万円までしか払えません」なんて言われないだろうか。前に仕事したところでは、取材費は全額請求してくださいと言ったくせに、蓋《ふた》を開けたら一万円しか払ってもらえなかった。五万円の赤字だった。まさか、今回は、そんなことにはならないよね？　だって、大手企業だもの、そんなセコイことしないよね？

びくびくしながらも監視を続けたが、夜十二時が過ぎてもあの二人が現れることなく、掲示板はいたって穏やかだった。

もう大丈夫だろう。そろそろ他の仕事にとりかからなくちゃ。締め切りが迫っている物件が、三つほどある。ひとつはビデオデッキの取扱説明書で、もうひとつはデジカメの操作説明書で、もうひとつがコラムで。

泣き声がする。まただ。また、隣の子供が泣いている。

耳栓をしたところで、メールが転送されてきた。ユーザーの一人からで、サブジェクトには、「ＭａＭａガーデンについて」とあった。クレームか？　と身構えたが、その内容は、

「あの言い争いには、辟易《へきえき》していました。賢明な処置に、感謝いたします。管理、大変でしょうが、頑張ってください」

というものだった。

私の初仕事は、まあ成功したということだろうか。

ところが、その翌朝、私は再びぶっとんだ。

MaMaガーデンは画像も投稿することができるのだが、その朝、とんでもない画像がアップされていたのだ。

出産シーンだ。まさに、赤ん坊の頭が出てくる瞬間だった。

投稿したのは、〝みゆみゆ〟さん。ちょっと不思議ちゃん系の人で、まあ言ってみれば、トラブルメーカーだった。ただの閲覧者だった頃はみゆみゆさんの登場をおもしろがっていた私だったが、管理人という立場になると、そうもいかない。

朝起きるのが遅かったせいもあって、すでに掲示板は大火事だった。

みゆみゆさんは、それ以前も、大きくなった裸のお腹の画像やら、診察中の様子を撮った画像やらを投稿して、問題を引き起こしていた。が、お腹や診察中の画像ならば、まだぎりぎりセーフだ。よほど自己顕示欲の強い人なのだろうと、こっそり笑われるだけだ。

が、これは困る。ひどく困る。

「どうしてですか？　出産は、最も聖なる瞬間ですよ？　海月——みつき——くんが生まれる素晴らしい感動の瞬間を、みなさんと共有したかっただけです。私は、この画像を大切にして、ゆくゆくは海月くんにも見てもらって、感動を一緒に味わいたいと思っています」

みゆみゆさんは、苦言を呈した他のユーザーに、すでに食って掛かっていた。

みゆみゆさんの言い分もわかる。分かるが。というか、海月って……。いやいや、それより、この画像……。吐き気がしてきた。

持論だが、出産も死も、同等にグロテスクなものだ。昔風の言葉でいえば、〝穢《けがれ》〟だ。ただ、現在においては、誕生というとなんとなく素晴らしく感動的なものだと定義されているものだから、出産シーンなんかを晒《さら》しても「誕生の神秘」とかなんとか肯定されてしまう。しかし、その風潮に違和感をもっている人ももちろんいて、

「出産なんて、排泄《はいせつ》と同じよ。そんなの人様に晒す神経が信じられない」

と、突然、〝リリコ〟さんが長文を投稿してきた。リリコさんは毒舌系で、この掲示板ではちょっとした有名人だ。あのエリザさんも歯が立たない。

「出産シーンを晒すなら、子供ができるきっかけになった中出し場面だって晒しなさいよ」

いやいや、それはさすがに……。

「子供が大きくなったら見せるって？　そもそも、子供がこんな画像見て、感動すると思っているところがキモい。女の私でもどん引きするよ」

それは同意だ。私も引く。

「出産をことさら神秘化してロマンのペールに包む人ほど、子供をモノ扱いする。自分の好みで子供を飾り立てて、自己満足するタイプ」

ペールにタイプって。よほどカッカしながら入力したのか、入力ミスが多い。

「子供の名前を晒している時点でアウト。そんな個人情報を垂れ流して、何かあったらどうするの？　しかも、海月くん？　〝みつき〟って読ませているみたいだけど、それ、世間では〝クラゲ〟って読むんだよ。海にぷかぷか浮いているあのクラゲ。分かる？　ク／ラ／ゲ」

あちゃ。言っちゃった。

「あなたがやっていることは、虐待画像やら死体画像やらを晒して人の反応を喜ぶ愉快犯と変わらない。人に見せることで注目される自分に酔っているという点では」

概ね、私も同意見だ。が、「虐待」という言葉を出したのが、まずかった。

掲示板は、またまた妙な方向に流れた。

〝シイラ〟というハンドルネームのユーザーが、「告白します」というサブジェクトで、次のような文章を投稿したのだ。

「私は虐待しているのでしょうか？」

掲示板の雰囲気が、いっきに変わった。みゆみゆさんの出産画像とその書き込みはあっというまに過去ログに流され、注目はごっそりとシイラさんにとられた。その隙に、私はこっそりと、出産画像を削除した。シイラさんに助けられた格好となったが、しかし、新たな火種となったのは間違いない。

「うちの子供は今三歳なんですが、癇癪《かんしゃく》がひどく、手が付けられません。じっとしていられないのです。攻撃性もひどく、すぐにものを投げたり、叩《たた》いたり、先日も、ご近所の生まれたばかりの赤ちゃんの顔にコップを投げつけ、怪我をさせました。私もしょっちゅう攻撃を受けていて、体は傷だらけです。うちの中もめちゃくちゃです。自分の子供なのに、人間と思えないときがあります。獣《けもの》か悪魔のように思えて仕方ありません。憎らしくて、憎らしくて、どうにもならないときもあります。なのに、夫は知らん振り。『うるさい、黙らせろ』しか言いません。

先週、子供の足の爪を切っているときでした。起きているときはとても爪なんか切れる状態ではないので子供が寝ているときに切るのですが、ふと、深爪をしてしまいました。子供の顔が微妙に歪《ゆが》み、その顔を見ていたら、『ざまぁみろ』という気分になって、結局、両手足、全部の爪を血が滲《にじ》むまで深爪させてやりました。

朝起きて、子供は『足が痛い、手が痛い』と、めそめそ泣きはじめました。よほど痛いのか、その日は、子供は暴れることもせず、おとなしく、絵本を読んだり、積み木をしたりして遊んでいました。少しでも動くと、ひどく痛むようです。おとなしい我が子は抱きしめたくなるほど可愛く愛らしく、本当に天使のようです。私は何度も抱きしめてやりました。

でも、爪がまた伸びてきました。痛みも薄れたのか、子供の凶暴性が目を覚ましつつあります。今夜あたり、また深爪させてやろうかと思っています。いいえ、できることなら、猫にするように、根こそぎ爪を取り除いてやりたいです。爪を剝《は》いでやりたいです。こんな私は、虐待母でしょうか？」

虐待母だよ！

私は、声に出して、記事に向かってつっこんだ。

一本深爪しても、相当痛いのに。それを、手と足、全部だなんて。考えただけで……。思わず、自分の爪を見てしまう。仕事にかまけてほったらかしの爪は、だらしなく伸び放題だ。

確かに、飼い猫の場合、爪を全部取り除いてしまう場合があるという。人を傷つけないようにとか、爪とぎを防止するためとか色々と理由があるようだが、要するに、人間と末永く仲良くやっていくために〝野生〟の部分を封印するのである。去勢のようなものだと、この爪除去《ディクロウ》を肯定する人も多いが、私はどうも、「なるほど」と納得することができない。「それは、あなたが猫を飼ったことがないからよ」と言われたら、そうなのかもしれない。猫を飼っていないからこその、第三者的な無責任な「良心」がうずくだけなのかもしれない。とはいえ、それはペットであるところの〝猫〟の話で、猫の場合だって、ちゃんと麻酔をかけて手術という方法を用いて爪を除去している。なのに、生爪を剝ぐなんて。さすがに、一〇〇パーセント、異常だろう。私に子供がいないからとか、子育ての苦労を知らないからとか、そんなことは関係ない。

これはきっと、いつもの口うるさい連中を筆頭に、「それはいけないことです」「虐待反対」と、掲示板が荒れるだろうと思っていたら、

「シイラさんの気持ち、よく分かります」

という反応《レス》がついた。あまり見ないハンドルネームだった。その書き込みをきっかけに「私も分かります」「私も」というレスが続いた。そのあとは、子育てのストレスの吐き出し大会となった。

「うちの子供は、叱り付けると、『児童相談所に駆け込んでやる』などと、私を脅します」

「四歳の娘がスーパーで買って買ってと騒ぎはじめたから叱ったら、『虐待だ、虐待』と叫びはじめ、周りからは白い目で見られた」

「なにをどういっても言うことを聞かない。もう限界です。なのに、夫はまったく無関心で、殺してやりたくなります」

「子供が外で粗相《そそう》すると、『躾《しつ》けがなっていない』とみんなに責められます。でも、どんなに言っても駄目なんです。助けてください」

「生後半年の子供ですが、夜泣きが酷《ひど》くて、たまりません。近所の方にはまるで虐待しているように言われ、うつ病になりました。死にたいです……」

泣き止まない子供、癇癪持ちの子供、言うことをまったくきかない子供、生意気な子供、悪癖のある子供。つい感情的になって叩いてしまう母親だっているだろう。だからといって、こんなに多くの母親が、これほどストレスをためていようとは。もっと前向きな意見は出てこないかと私は監視を続けたが、ストレスは積もる一方だった。

それは、一日経っても、止まる様子はなかった。むしろ、増加していった。

どうしよう。私は、頭を抱えた。

あ、もしかして。

私は、管理人ページに飛んでみた。これは、例の自演かもしれない。シイラさんか、あるいは一部のユーザーがハンドルネームをとっかえひっかえして、いかにも沢山の人が支持しているように見せかけているのかも。うん。きっとそうだ。私は、アクセス解析のボタンをクリックした。

予想は見事に外れた。

書き込んでいる人のＩＰアドレスは、みなそれぞれに違う。まったく違うパソコンから投稿されているということだ。掲示板に書き込まれている内容は、紛れもなく、ユーザーそれぞれの本音なのだ。真実の声なのだ。背筋が寒くなる。とはいえ、このまま放置しておくわけにもいかない。「子供を殺したい」「子供を窓から突き落としたくなる衝動に駆られる」「子供を捨ててしまいたい」などと、反社会的な書き込みも増えている。それどころか、「私はこんな方法で、子供に体罰を与えています。この方法だと、周囲にはまったくバレませんので、虐待とは思われません」などと、言うことをきかない子供を服従させる方法を披露しあっているのだ。言葉はオブラートに包まれているが、どれも、みごとな虐待行為だった。

耐えられない。

管理人の権限で、記事を削除してしまおうか？　いやいや、早まってはいけない。「その気持ち、よく分かります」と、同調のレスも多いのだ。下手《へた》に削除したら、憎悪の矛先《ほこさき》がこちらに向けられる。

まったく、こっちがストレスでどうにかなりそうだ。

私は、胃を押さえた。潰瘍《かいよう》持ちの私の胃は、こういう環境に一番弱い。しくしく、じくじく、痛みが続いている。市販のH2ブロッカーを飲んでどうにか誤魔化しているが、効き目が弱くなっている。これで悪化して入院なんてことになったら、割に合わない。フリーの身、病気になってもなんの保障も助けもないのだ。……だんだん、腹が立ってきた。ストレスで苦しんでいるのは、あんたたち母親だけじゃない。自分たちだけが苦しんでいると思うな、このバカたれが。

私はマウスを握り締めると、ポインタを〝全記事削除〟ボタンに置いた。

ぽちっ。

『削除していいですか？』

確認メッセージが表示される。

〝OK〟をぽちっ。

『削除された記事は元に戻りません。削除しますか？』

再度、メッセージが表示された。〝全記事削除〟を選択した場合、二回、確認メッセージが表示される仕組みのようだ。ここまでしつこく確認されると、少し弱気になる。……やっぱり、いきなり全削除は、やばいよな。それぞれの記事の内容はアレだけど、特に争っている様子もなく荒れていることもなく、内容とは裏腹に、どういうわけか穏やかに記事は伸びているのだ。いわゆる、傷の舐《な》めあいというやつだ。舐めあっているときに、いきなり削除なんかされたら、逆切れされるのは間違いない。

私は、〝キャンセル〟ボタンを押して、削除を中断した。

怒りがみるみる萎えてきて、胃がまた痛みはじめた。時計を見ると、もう深夜の一時を過ぎている。もう今日は寝てしまおう。ここのところ、ずっと寝不足だ。だから、胃も痛むのだ。パソコンを落とそうとメニューを表示させたとき、ふと、名案が浮かんだ。

あ、そうか。ユーザーを装って、それとなく、話題を他に誘導すればいいんだ。管理人の名前で書き込むとなにかと角が立つが、対等な立場の一般ユーザーなら、なんとかなるだろう。なんで、今まで思い浮かばなかったんだろう。

再び掲示板に戻ると、私は〝マリリン〟というハンドルネームで記事を入力した。〝投稿〟ボタンを押す前に、あ、と思いとどまる。ハンドルネームが他とかぶってないだろうか。念のため検索してみると、〝マリリン〟さんはすでにいた。ならばと、思いつくだけの女優の名前を検索してみたが、どれもこれもすでに使われている。

なら、漫画のキャラクターならどうだろうか？　早速、〝キャンディ〟を検索してみる。あった。なら、〝北島マヤ〟は？　ある。〝オスカル〟、これも駄目。〝キャロル〟、やっぱり駄目か。〝お蝶夫人〟、これも駄目だ！　ったく、なによ、みんなヒロイン気取りでさ。おまえもじゃ。……などとボケツッコミしながら凝り固まった肩をほぐしていると、本棚に並べた漫画のタイトルが視界に入った。

よし、これなら、どだ？　さすがに、この名前はいないでしょう？　検索してみる。よし、ない！

私は、ハンドルネームを〝ホセ・メンドーサ〟に変えて、記事を投稿した。

「皆様、はじめまして。ホセ・メンドーサです。ところで、最近、胃が痛いんです。なにかいい対処方法はありませんか？」

よし、これでひと安心。とその日は床《とこ》に就《つ》いたが、翌日、どれだけのレスがついているだろうと少しわくわくしながら掲示板をのぞいてみたところ、私の書き込みはみごとに無視され、相変わらずの虐待ネタ。いや、厳密にいうと、ひとつだけレスはついていたが、それは「病院に行け」と、冷たく一言。むかつく。こんなことでへこたれるもんですか。たっぷり睡眠をとったおかげで妙に好戦的になっていた私は、もうひとつ〝カーロス・リベラ〟というハンドルネームをつけて、その名前で記事を投稿した。

「はじめまして。カーロス・リベラです。ところで、ホセ・メンドーサ様。胃が痛いんですか？　私も胃痛に悩まされています。病院に行ったら、ピロリ菌がいると言われました。ホセ様もそれが原因かも？」

投稿された記事を眺めてみると、一人二役の自演は、なんともまあ、虚《むな》しい限りだった。こんなこと、仕事でなかったら、絶対やりたくない。しかし、それでも流れは変わらず、仕方ないから、私は三人目のハンドルネームを作り出した。〝マンモス西〟。

ホセ・メンドーサとカーロス・リベラとマンモス西の一人三役でその日一日投稿しまくってみたが、無駄だった。冷静に掲示板を眺めてみると、どう見ても、ホセ・メンドーサとカーロス・リベラとマンモス西の三人は浮いている。勘のいい人なら、一人三役だということを見抜いているかもしれない。実際、「ホセ・メンドーサ様とカーロス・リベラ様とマンモス西様は、お友達なんですか？　お三方とも、ある漫画の登場人物の名前ですよね？　文体もそっくりです」というレスもついた。さすがにもうこれ以上は無理だと判断し、別人格を作って流れを変えよう作戦は、やめにした。

私は、唸《うな》りのようなため息を吐き出した。

掲示板の虐待ネタは止まる気配はなく、誰かが自分たちの行為を〝プチ虐待〟なんて言い出したものだから、ますます勢いづいてしまった。〝プチ〟なんてついたおかげで、〝虐待〟という後ろめたい反社会的なイメージが薄れ、それどころかなにかオシャレなことをしているのではないかという錯覚まで生んで、掲示板は大賑わいだった。

「何が、プチじゃっ。虐待は虐待なんじゃ、ボケ。なんでもかんでも美化すんな」

と、誰か、強く言ってくれる人はいないだろうか。

　掲示板を見ていて、私はあることに気がついた。そもそもの原因を作ったシイラさんの書き込みがぱったり途絶えているのだ。もっといえば、「私は虐待しているのでしょうか？」というサブジェクトの書き込み以来、投稿していない。

　この人は過去にどんな書き込みをしているのだろうか？　気になって、アクセス解析のページに飛び、シイラさんの書き込みを検索してみた。

　その結果、シイラさんの書き込みは、後にも先にも、「私は虐待しているのでしょうか？」という記事だけだということが分かった。突然やってきて、掲示板の雰囲気をごっそり変えて、突然消えた。これじゃ、掲示板ジャックじゃないか。

　私をこれだけ悩ます結果を作ったシイラさんに対して、憎悪の炎がめらめらと燃え上がった。繰り返すが、私は怒りを覚えると、後先考えない切り込み隊長になってしまう。

「忌々《いまいま》しい、シイラめ。おまえはいったい何者だ。この管理人様が、おまえを真っ裸にしてやる」

　ところで、私は先に、掲示板に記事を投稿できるユーザーにはあらかじめ個人情報を提出してもらっていると書いたが、厳密に言うと、私に与えられたＩＤとパスワードではそのデータを見ることはできない。できることといったら、ＩＰアドレスを検索して送信サーバーを絞り込むか、その人の足跡を追跡するか、その程度だった。それでもうまくいけば、その人の趣味嗜好人柄、送信サーバーによっては、その人の勤め先あるいはどこら辺に住んでいるかなどがある程度限定できる。

　手はじめに、私は、シイラさんの直前閲覧サイト《リファラー》を遡《さかのぼ》ってみた。ＭａＭａガーデンにアクセスする前に、シイラさんがどのページを経由しているのか。これはアクセス解析の最大の特長で、特に企業が運営しているサイトではどのリンクを踏んでユーザーが当サイトに来たのか、また当サイトに訪問してからはどのページを回ったのか、この足跡が重要なリサーチ項目となる。なので、リファラーを辿ることは管理人としては一般的な行為で、だから私も軽い気持ちで辿ってみたのであり、まさか後になって、「あんなことをやるんじゃなかった」と、後悔するはめになろうとは、ひとつも考えていなかった。

　とにかく頭に血が上っていたので、「もういいじゃないか」と誰かの忠告があったとしても、そのときの私はやめなかっただろう。私の興奮が冷めて、後悔がちらりと顔をのぞかせたのは、そのリンク元に辿り着いたときだった。

　シイラさんが、ＭａＭａガーデンに訪問する前に見ていたサイト、それは、ありがちな個人ホームページだった。海の中を泳ぐ不恰好《ぶかっこう》な魚の画像を背景に、「自己紹介」「趣味」「日記」などといったテキストが置かれ、各ページへのリンクが貼られている。が、ＭａＭａガーデンへのリンクは貼られておらず、念のためソース表示に切り替えてソースを確認してみると、そこでようやく、隠しリンクが貼られていることが分かった。

つまり、このサイトの住人は、わざわざリンクの存在を隠して、こっそり、ＭａＭａガーデンを訪れていたのだ。

やはりシイラさんは、〝荒し〟と呼ばれる、愉快犯だったのだ。

珍しいことではない。こんな形でＭａＭａガーデンのリンクがあちこちに貼られているのは百も承知だった。なにしろ、ＭａＭａガーデンはいろんな意味で有名サイトだった。問題が発生すればするほどアクセス数が増えるという悪循環を抱えていて、閲覧者のアクセスを解析してみると、それはそれはいろんなところから野次馬が訪問していることが分かる。それはつまり、ＭａＭａガーデンが野次馬たちの格好のウォッチング対象だということを意味していて、「あいつ、あんなことを言ってやがる」「きれいごと言っているけど、中味がないよな」「バカまるだし」などとこっそり揶揄《やゆ》されているわけだ。だからシイラさんが愉快犯であったとしても、驚く程のことではない。

なのに、私は、またまた、背筋を寒くした。いったい、これで何度目だろう。しかし、今度の寒気は今までの中でも一番だった。季節は初夏、なのに私は本当に、震えた。

〈!--ようこそ、ホセ・メンドーサさん--〉

と、ソースにコメントが記入されていたのだ。

この文を読んでいただいている読者の中には、ソースというのがなにか分からない方もいらっしゃるかもしれないから簡単に説明しておくが、ホームページを見ているときに、ブラウザのメニューの中から〝ソース表示〟というのを選んでみてほしい。表示されたテキストの羅列が〝ソース〟で、主にＨＴＭＬと呼ばれる言語だ。ホームページを表示させるための指示書とでもイメージしていただければいいだろうか。

そのＨＴＭＬでは、実際のホームページには表示されない〝コメント〟というものを記述することができる。〈!-- --〉で囲まれた部分がコメントとなり、コンテンツの一部を隠したり、ソースを見やすくするために利用されることが多いのだが、その部分に、私個人に向けてとしか思えないコメントが記入されていたのだ。

〈!--ようこそ、ホセ・メンドーサさん--〉

つまりだ。シイラさんは〝ホセ・メンドーサ〟がMaMaガーデンの管理人であることを見破っているのだ。管理人でなければ、シイラさんのリファラーを辿ってここにやってくることはできない。

私は、再び、背筋を寒くした。

ソースに記述されているコメントは、他にもまだあった。「自己紹介」のページを是非、のぞいてみてください♪

〈!--ホセ様の訪問をお待ちしております♪--〉

マウスを握る手が、びっしょりと濡れている。つるつる滑って、マウスをうまく操れない。このままパソコンを落としてしまってもよかったが、それはそれで、気になって余計に胃に悪い。後ろ向きな妄想がいろいろと膨らんで精神的ダメージが大きくなるのは必至と判断した私は、ならここで現実を直視したほうがいいと、心拍数が上がりっぱなしの心臓を抑えこみながら「自己紹介」のページに飛んでみた。

が、ページは、相変わらず、海の中を泳ぐ不恰好な魚という、暢気《のんき》な画像だけ。テキストはなにもない。

もしかして、またソースか？　とソースを表示してみたところ、やはりそうだった。

〈‥私は、シイラです。さそり座のＡＢ型。思い込んだら命がけ（はーと）の性格です。でも、見かけと違って、とてもナイーブなんです。続きは、「趣味」のページで……。‥〉

薄気味悪さと胃痛と精神的疲労と睡眠不足が重なって、私は急激な眠気を覚えた。人は、極限的な心理状態に陥ると、どうも眠くなるらしい。雪山で遭難したときに眠くなるというアレと似たようなものだろうか。

いずれにしても、判断力も思考力もみるみる落ちていって、私は一種の催眠状態で、シイラさんに言われるがまま指定のページに飛びコメントを拾っていった。「趣味」のページでは、

〈‥私はシイラです。私の趣味は、ネイルアートです。今度、あなたの爪もアートしてあげたい（はーと）‥〉

「日記」のページでは、

〈‥私はシイラです。とても好きな人がいます。好きで好きでたまりません。お話を聞いて欲しいです。‥〉

コメントはまだあり、

〈‥今度の水曜日にそちらに遊びに行ってもいいですか？　ゆっくりお話がしたい

です。〉

眠気が一気に吹き飛んだ。

遊びにくる？ うちに？ まさか！

とにかく画面を消してしまいたくて、私は後先考えず、パソコンの電源コードをコンセントから引き抜いた。

それから闇雲に部屋中を歩き回った挙句《あげく》、私は深い眠りへと落ちていった。

何か聞き覚えのあるメロディーが聞こえてきて、目を開けた。

私はリビングの床の上に、仰向《あおむ》けで倒れていた。どうやら、気を失っていたようだ。

体のあちこちが痛い。ぎしぎしと音が鳴りそうな体をどうにかこうにか起こし、これまでのことを整理してみようと、頭を軽く振ってみた。

……だめだ、今度は頭痛までしてきた。再び床に倒れこもうとしたとき、電話が鳴った。匍匐《ほふく》前進しながら、受話器をとる。

「困りましたね」

電話は、Q電機のチーフからだった。寝そべっていた体がバネ人形のように跳ね上がり、背筋がぴんと伸びる。

「MaMaガーデン、なんだか、すごいことになっていますけど」

チーフは、言った。

「あ、はい、すみません。今、確認します」

受話器を頬と肩に挟みながら、パソコンの電源ボタンを押す。あれ？　あ、そうか。電源コードをコンセントに差し込み、再び電源ボタンを押す。ちゃんとした手順で電源を落とさなかったことを警告するメッセージが表示され、それからもなんだかいろんなメッセージが表示され、パソコンはなかなか起動してくれない。その間、ずっと「すみません、すみません」を繰り返していたが、ブラウザを表示させようとした段階で、この状態ではインターネットに繋《つな》がらないことにようやく気がついた私は、米搗虫《こめつきばった》のように頭を下げながら「あ、すみません。ちょっと、いったん、電話切ってもいいですか？　本当にすみません、うち、電話回線でインターネットしているもんで――」と言ったが、

「ああ、もういいですよ」

とチーフは、言い放った。

それは、少し、いや、かなり冷たい言い方だった。チーフは見るからに温厚キャラ

で、いつもにこにこ穏やかな口調なものだから、私は余計に慌ててしまった。

「いえ、掲示板を確認しましたら、すぐに折り返しますんで」

「だから、もういいですって。掲示板の記事は、こちらで削除しましたから」

「え？」

「あんな状態、一秒だって放置できないですよ。全部、削除しましたから」

「は……」

「こちらも、それ相応の報酬を出しているわけですから、今回のようないい加減な仕事をされると、困るんですよね」

「あ、はい。……本当にすみません」

「あなたも他に仕事を抱えて大変かもしれませんが、引き受けられたからには、ちゃんとしていただかないと」

「はい、本当にすみません」

「ほんと、よろしくお願いしますよ。ちゃんと仕事してくださいね」

「はい、します、ちゃんと仕事しま――」

電話が切れたあとも、私は頭を下げ続けた。そんなことを一分ほど続けていたが、ふと我に返り、壁めがけて受話器を振り上げた。が、やめた。行き場がなくなった手はみっともなく宙に円を描き、受話器はゆっくりと元の位置に戻される。

窓の外は、快晴。

太陽の日差しがきらきらと街を照らしている。「今日はいいお天気ですね」と、街《まち》中《なか》ではあちこちで明るい挨拶が交わされているのだろう。なのに、なんで、私は。

はぁぁぁぁぁ。

息をすべて吐き出すと、ベランダに出てみた。ああ、本当にいい天気。

朝の空気を吸い込んでいると、ちょうど外に出てきた奥さんと目が合った。視線だけで、挨拶する。隣の奥さんの椎名《しいな》さんだ。ベビーカーにいるのは三歳ぐらいの男の子。やんちゃ盛りの泣き虫で、隣からはよく泣き声が聞こえてくる。

聞き覚えのあるメロディーが、遠くから聞こえてきた。

「あ。ゴミ収集車だ！」

そうだった、今日は燃やせるゴミの日だった。が、もう、遅い。ベランダから身を乗り出して見てみると、ゴミ集積場はすっかりきれいになっている。

あの電話がなければ、ゴミ、捨てられたのに！　まったく、なんでこんな朝っぱらから。気分悪いったらありゃしない。

怒りが込上げてきた。

「つたくさー。なんで、私が一方的に責められるわけ？　こっちだって、睡眠時間けずって、胃まで痛くして、あれこれと頑張っているのにさ」

頑張っているのに。言ってみたところで、それが虚しいことだということは充分過ぎるほど分かっている。この業界、頑張りというのはほとんど評価されない。評価されるのは、結果だけだ。その時点で明らかな結果を出さないことには、フリーでは生き残れない。そうなのだ。私はただの雇われのフリーなのだ。クライアントが望んでいるのは、その場その場の結果なのであって、その場その場の結果がゆくゆくはとんでもない未来を連れてこようとも、そんなこと、知ったこっちゃないのだ。どうせあのチーフだって現場をはずされて他の部署に異動になれば、今の仕事のつけを払わないで済む。彼が必要としているのは、少しばかりの昇給であり、上司からの褒め言葉であり、周囲からの評価であり、将来のことなどひとつも考えていないのだ。今の世の中なんて、みんなみんなそうだ。目に見える結果を提示するために、とりあえず問題はどこかに仕舞い込む。堆積した問題が発酵して爆発しても、それはまたそのときに考えればいい。そんな無責任で世の中は溢《あふ》れている。あれこれ考慮して気を回す者がバカを見る。

ならば、私だって。

「かたっぱしから、削除してやる」

私はそう覚悟を決めて、その日から、少しでも私の基準にひっかかる記事はがんがん削除することにした。私の基準というのがこれまたあいまいで、言ってみればその日の気分だったので、ユーザーからは抗議や意見も数多く投稿されたが、そんなものも有無を言わさず、削除した。

「削除基準を明確にしてください。なぜ私の記事は削――」ウザイ。削除。

「ひどいです。私の記事のなにが――」ウルサイ、削除。

「これは、言論の自由に対する――」即、削除。

ああ。なんてすがすがしい気分なのだろう。仕事をしているという充実感で、私の体はハツラツと調子がいい。胃痛もどこかにふっとんだ。なんだ、はじめから削除すればよかったんだ。報復や荒れるのを気にする余りに躊躇《ちゅうちょ》していた以前の自分が哀れになる。


そして水曜日、管理人の仕事をはじめて一週間が過ぎた。

「はじめは慣れないことばかりで社員様にご迷惑をかけることも多かったが、今は、ようやく仕事にも慣れてきた。今のところ、目立ったトラブルなし」

と、週報をまとめると、ほっと、キーボードに置いた指の力を抜く。

ああ、爪。随分と長くなったな。このまま伸ばして、ネイルアートなんかしてみようかしら。

はははは。無理無理。私の爪は不恰好だ。マニキュアだって似合わない。

さて、お腹もすいたし、なんか食べよう。最近は、随分と胃の調子もいい。体も軽い。やっぱり、仕事が順調だと、体も健康になるものなんだ。

るるるるる〜。

鼻歌まで出てしまう。私はキッチンに向かうと、夕食の準備をはじめた。何を食べようか？　ご飯炊くの、面倒くさいし。やっぱり、パスタかな。そうだ、パスタにしよう。昨日、奮発してオリーブオイルも買ったことだし。一瓶九百八十円もする、エキストラバージンオイル。高いだけあって、瓶もおしゃれだ。そのオリーブ色の中味をますます美しく引き立てている。湖か、それとも海の底のようだ。使うのが、ちょっともったいないとも思う。が、そうも言っていられない。パスタがそろそろ茹《ゆ》で上がる。

私は、瓶の封を剝がした。紙シールのそれは、なかなか頑固でうまく剝がれない。

でも、破りたくはない。この封も、それだけで立派なアート品だ。どこかに貼り付ければ、きっとすてきな飾りになる。

指の力をあれこれと調節して、ゆっくりゆっくりゆっくりと。そう、あともう少し、そっとそっとそっと……よし、剝がれた!

だから、すっかり忘れていた。シイラさんのことを。

思い出したのは、カレンダーをぼんやり眺めているときだった。そろそろコラム原稿の締め切りだ、などとカレンダーの書き込みを見ていたとき、今日が水曜日であることに、改めて気付かされた。

水曜日。カレンダーのその部分には特になにも印はついていないし、メモもない。

だが、なにか、とても、ひっかかる。

水曜日。なにかがあったような気がする。それはどちらかというと、あまり楽しいことではない。どちらかというと、いやなことだ。なんだっただろうか。

瞼《まぶた》にうっすら浮かび上がるそれを、私は凝視してみた。

〈――今度の水曜日にそちらに遊びに行ってもいいですか? ゆっくりお話がしたいです。――〉

あ。

思い出したとたん、背筋に寒いものが通り過ぎた。顎《あご》が勝手にがくがく鳴る。と、同時に、待てよ、という声もしてきた。幾分健康を取り戻していた私は、物事をいろんな角度から冷静に考える余裕ができていた。

私があのときひどく怯《おび》えたのは、ホセ・メンドーサと名指しされたからであり、しかし、ホセ・メンドーサが管理人の自演であることは、ちょっと察しのいい人なら気がつくことで、だから、ホセ・メンドーサ＝管理人であるとバレたからといって、それを恐がることはなにひとつない。それに、ホセ・メンドーサ＝管理人とバレたところで、管理人＝私というのが知られているわけではないので、私は相変わらず匿名《とくめい》という防壁に守られている。

なんだ。全然心配ないじゃん。

でも、待てよ。もうひとつの声が聞こえてきた。

世の中には想像を絶するいろんな人がいる。それが単なる価値観の違いとか思想の違いとかだったなら、〝常識〟や〝良心〟というのを最低ルールにして歩み寄ることも可能だ。が、〝常識〟や〝良心〟が根本的に欠落している人も多数いる。そういう人とは何を話しても無駄だし、そもそも住んでいる世界が違うのだから話がかみ合わない。こちらの常識があちらの非常識で、こちらの善があちらの悪だったりする。こうなるとお手上げだ。近寄らないほうがいい。が、こちらが逃げても、一方的に追いかけられる場合がある。これが恐いのだ。

「いやいや、だから、大丈夫だって。あっちが私の住所を知るわけないんだから」

私は、口に出してそう自身に言い聞かせた。

「それに、あっちだって、ただの悪い冗談でやっているだけなんだから。相手が恐がればそれで満足なはず。実際、私は、悔しいけれど、ちょっと恐いと思ったわけだから、あっちの目標はクリアされたことになる。だから、それで終了」

それでも、女の一人暮らし。一度芽生えた恐怖心は、どんな言葉で散らしても、その欠片《かけら》がしつこくまとわりつく。

時計を見ると、午後十時を過ぎようとしている。

テレビの音声をいつもより大きくしてみたり、そのテレビから流れるちっともおもしろくない芸人のギャグを大声で笑ったり、ついには迷惑を顧みず友人に電話してみたりと、なるべくそれについては考えないように努めたが、さすがに午後十一時を過ぎると電話の相手も受け応えが雑になってきたし、テレビも辛気臭《しんきくさ》い古い映画やヨーロッパの古い街並みの風景ばかりだし、このまま起きていても疲労がたまる一方なのでそろそろ眠ることにした。ただ、テレビだけはつけっぱなしにしておいた。

が、間が悪いことに、ホラー映画がはじまってしまった。チャンネルを変えようと体を起こそうとしたが、ぴくりともしない。枕元にリモコンがあるのに、どうしてもそれに手が届かない。

体が、動かない。

なに？　どうしたの？

もしかして、アレか？

そうだ、アレだ。

「体は眠りに入っていて、でも意識だけがはっきりしていて、さらに、疲れている。こういうときにやってくるのは？　金縛り。ピンポーン」

私は、口の中でぶつぶつと、自分に起こりつつある現象を茶化してみた。

「そう、それは金縛りですね。なにも不思議なことではなく、ひとつの生理現象です」

今度は、自分に起こりつつある現象に理屈をつけてみた。

「だから、どんなことが起きても、それはすべて幻覚です。夢のようなものです。必要以上に恐がることはないんですね。ほら、前にも二回ほど経験したことあるでしょう？　はい、ありますあります。あれは確か――」

最初に経験したのは一人暮らしをはじめたばかりのときだった。そのときはベッド横の窓が開き、奇声を上げながら何かが飛び込んできた。それは獣のようで、臭い息を吐き、硬い毛を擦《す》り付け、そして、ついには、私の右肩を嚙み砕き、毛むくじゃらの体をねじ込んできた。私はそのまま気を失い、朝を迎えた。言うまでもなく、窓は開いておらず、肩も無傷だった。二度目は、取材で訪れた地方の安ホテル。私の体めがけ天井が落ちてきて、見知らぬ大勢の首に、私は埋もれた。そのうちのひとつの首が、私の口の中に入り込み、何か叫び続けた。やはり、私は気を失い、朝を迎えた。言うまでもなく、天井にはなんの異常もなかった——。

三度目の今日は、どうやら、〝人〟のようだった。男か女かは分からない。その人は、私のすぐ側までやってきて、しばらくは私を見つめ、そして、両手を私の首に巻きつけた。手の力は次第に増し、私の呼吸は止まる。苦しくて、手を撥《は》ね除《の》けようとするが、私の手は役立たずのホースのように、だらりと転がっているだけだ。首に巻きついた手は、何かを楽しむかのように、力を入れたり緩《ゆる》めたりを繰り返す。私は合間合間で息を吸い込もうとするが、その手は、私の口さえも押さえ込んだ。

その人は、潰れた声で、何かを言っている。でも、ほとんど聞き取れない。

私は、薄目を開けて、その人を見てみた。

しかし、顔が見えない。見えるのは、二本の腕だけで、それは、ますます私の首を締め上げる。それでも、私は、その顔を見ようと、目を凝《こ》らしてみた。その人のぎらぎらした目が、暗がりに浮かび上がった。

誰！

自分の声に驚いたのか、私の金縛りは解け、指はようやくリモコンに届いた。

テレビでは、まだホラー映画が続いている。ヒロインが、何か得体の知れないものに首を絞められているところだ。

映画の内容そのままに、浅い夢を見ていたようだ。やっぱり、チャンネル変えなくちゃ。私は、リモコンに置いた指に力を込めた。が、どうしても力が入らず、うまくボタンが押せない。しばらくは格闘してみたが、先ほどの金縛りの余韻もあり体は疲労しきっていて、私はそのまま、意識を閉じた。

……子供の泣き声。また、隣のあの子か。まったく、毎日毎日、本当に煩いな。

カーテン越しに、朝日が差し込んでいる。

えーと。今日は何曜日だっけ？　木曜日。燃やせるゴミの日だ。前は出し忘れたから、今日こそは出さなくちゃ。今、何時？　目玉だけを動かして、時計を確認してみる。八時十五分。うん、まだ間に合う。

ベッドから下りようとしたが、足が妙な具合にぐにゃりと曲がって、床に倒れこんでしまった。手をついたが、激痛が走り、私はそのまま床に転がった。

何?

再び立ち上がろうとしたが、やはり、いつも通りにはいかず、すぐに足が萎えてしまう。

その原因は、すぐに分かった。爪先だ。爪先が、いつもと違う。ぐったりと床にへばりつく足の先を見て、私は声を上げた。

なんじゃ、こりゃ!

——結果からいうと、私の足と手の指の爪は、全て、三分の一ほど、剝がされていた。深爪のひどいやつだと思っていただければいいだろうか。指の先は、まるで意図的になにかを塗ったように、赤く腫《は》れ上がっている。

なんで?

〈……今度の水曜日にそちらに遊びに行ってもいいですか? ゆっくりお話がしたいです。……〉

まさか?

が、誰かが部屋に入った形跡はなかった。戸締りは万全だ。人に言えば、「寝惚《ねぼ》けて自分で爪を切って、でも寝惚けているから深爪しちゃったんじゃないか？」と笑われるだけかもしれない。実際、自分でもそれを疑った。いや、そうであってほしいと、強く願った。というのも、もともと小さなことを大きくする妄想癖を持っているものだから、どうしても、爪とシイラさんを結び付けてしまう。シイラさんは、水曜日に遊びに行くとメッセージを残し、もっと遡《さかのぼ》れば、シイラさんがＭａＭａガーデンに投稿した記事の内容は、子供の爪をわざと深く切って子供をおとなしくさせている……というものだった。これだけキーワードが揃っているのだから、私の妄想が次々と膨らむのは、ある意味自然のなりゆきだった。

あの人が、……来たの？

あの人、……シイラさんが来たの？

違う。

私は、声に出して言ってみた。

違うよ。ほら、よく思い出してみて。私、夢遊病の気《け》があるって、よく親に言われてたじゃん？　夜中出歩いて線路に寝っころがった状態で発見されたとか、夜中突然飛び起きて警察に電話してわけの分からないことを延々としゃべっていたとか。大人になってからはおさまったけれど、でも、それは自分が気がつかないだけで、本当は夜中に起きだしてなんかやっていたのかも。

そうだそうだ。今までは特に証拠になるものがなかったから気がつかなかっただけで、今回だけ爪がこんなことになったものだから、ようやく気づいたということなんだ。

なんで爪なのかといえば、それはやっぱり、シイラさんのことがあったからだ。シイラさんが投稿したあのわけの分からない投稿記事のせいだ。あの記事の内容がいつのまにか私の無意識下に忍び込んでいて、さらに爪も伸びていたもんだから、私はこんな異様な行動をとってしまったんだ。

そういうわけで、爪は自分が切った。以上。

私はむりやり納得した。それに、所詮《しょせん》爪だ。放っておけば生えてくる。当分は少々難儀するかもしれないが、それも一週間ぐらいだろう。たいしたことではない。

が、難儀は〝少々〟程度ではなかった。なにをするんでも、痛い。痛いから、どうしても行動範囲が狭くなるし動作も遅くなる。全神経が痛む爪先にいってしまうから、余計なことにエネルギーを使いたくない。シイラさんのあの記事の真偽は分からないが、真実だとしたら、なんという仕打ちだろうか。確かに、子供ならしゅんとおとなしくなるだろう。

その日一日は、仕事にならなかった。MaMaガーデンの監視は続けたが、暴言らしき書き込みをみつけても、なんだか削除する気が起きない。マウスを握るにしても、キーボードを叩くにしても、いちいち指の先がひりひりと痛んで、パソコンを操作する気が起きないのだ。鎮痛剤は飲んでみたが、頭がぼーっとなるだけで、末端の痛みまでにはなかなか届かない。

MaMaガーデンの常連は、今日は何を書いても削除されないと気がついたのか、午後になると、投稿数がぐんぐん増えていった。

私は、その様子を、膜が張ったような頭で眺めた。

「×××というサイトでひどい目にあいました。私、一方的に、ネットストーカーにされたんです」

「あそこの管理人は、変わっているから。気にしないほうがいいですよ」

「でも、あの人、私のほうが頭がおかしいって、いろんなところで言いふらしているんです」

そんな書き込みがだらだらと続いている。どうやら今日は、管理人への不平不満がテーマになっているようだ。はじめは他のサイトの管理人の悪口が書き込まれていたが、夕方近くなると、MaMaガーデンの管理人にターゲットは絞られていった。

「今日は管理人さん、お留守かしら？」

「管理人さんがいらっしゃらないと、なんだかのびのびしますね」

「管理疲れでしょうか？」

「前の管理人さんもうるさい方だったけど、途中でおとなしくなりましたものね」

前の管理人さんって、あの人のことか。ノイローゼになったと聞いたけれど、今はもう大丈夫なのだろうか？　ノイローゼか。なんか、他人事じゃないな。私もヤバそう。このままだと、私も……。

はあ……とため息を吐き出したが、それは電話のベルで掻《か》き消された。

電話は、編集プロダクションの金山《かなやま》さんからだった。ライター仲間の伝《つて》で知り合った人で、コラムの仕事は主にこの人からもらっている。が、私はあまり彼のことが好きではなかった。なんだか掴みどころがなく、苦手なタイプだ。

「どう？　掲示板の管理人、順調？」

前に金山さんから電話があったとき、話の流れでMaMaガーデンの管理人になったことを伝えていた。金山さんは、それをちゃんと覚えていたようだった。

「ええ、まあ。順調というか、なんというか——」

「へー、なんか、それ、面白そうじゃん」

ここ数日のことを交えつつ、爪のことを話すと、金山さんは大いに面白がった。

「他人事だと思って。今だって指の先がひりひり痛くて、受話器を持っているのだってやっとなんですよ」

「でも、それ、夢遊病の君がやったことなんでしょう？」

「……たぶん」

「でも、もしかしたら、他の人がやったのかも」

「いやだ、やめてくださいよ！」

「っていうか、なんか、それをもとに、ファンタジーとか書けそうじゃん。どう？書いてみない？　僕が受け持っているファッション誌さ、そういう不思議体験記も掲載しているから」

「体験記ですか？」

「うん、是非、書いてみてよ。君、本来は小説家志望でしょう？　評判よかったら、出版社の文芸部に紹介してあげるよ？」

「本当ですか？」

「うん。ほら、今はちょっとフシギ系な話がブームだから。受けはいいと思うんだ」

「でも、これって、ファンタジーですかね？　どちらかというと、ホラーじゃないですかね？」

「なんで、ホラーなんだよ。ファンタジーだよ、ファンタジー。そうだな。タイトルは……〝今夜、会いに行きます〟とか」

なんじゃ、そりゃ。やっぱり、この人、面白がっている。

「で、その切り取られた爪、どこにあるの？」

「まだ、見つかってないんですよ」

「……まだ、見つかってないんだ」

ところが、爪は、意外なところから見つかった。

塞《ふさ》ぎこんでいても埒《らち》が明かない、パスタでも食べようとキッチンに立っていたときだった。

パスタも茹で上がり、ソースを作ろうとオリーブオイルの瓶を振ってみたが、なんだか出が悪い。口に何かが引っかかっている。瓶を目の高さに持ってきて、中味を見てみる。

え？

はじめは、それが何か、よく分からなかった。よくは分からないが、なにか欠片のようなものが底に沈み、その一部がオイルの中、ふわふわ漂っている。それがなんであるかは分からなくても、こんな異物がオイルに入っているのは異常事態だ。私は反射的に、瓶を放り投げてしまった。一瓶九百八十円もしたエキストラバージンオイル、瓶が割れ、中味がじわじわと床に広がる。

中味がすべて零《こぼ》れ出て、それが露《あら》わになったとき、私は、ひやっどつっつぎゃぁ……と、いろんな言葉が混ざり合った叫び声を上げ、後ろに飛びのいた。しかし、飛びのいた拍子にまんまと足をとられ、爪先に力が入らないこともあって床の上に無残に転倒した。

踏んだり蹴ったりとは、まさにこのことだ。

それでも、まだ、不幸中の幸いだったのかもしれない。爪漬けのオイルを口にすることは免れたのだから。

「爪、見つかりました」

私は、早速、金山さんに電話してみた。苦手な人であるけれど、誰かに言わないことには、どうにもやっていられなかった。とにかく、誰かと話したい。

「どこにあったの？」

「オリーブオイルの中」

「へー。で、どうだった？」

「は？」

「爪だよ、爪」

子機を耳に当てながら、事故現場に体をそろそろと運ぶと、もう一度確認してみる。

「間違いなく、私の爪です。しかも」

「しかも？」

「なんか、色が塗られていて……。なんか、ピンク色……」

「へー。桜貝みたいじゃない？」

金山さんは、のんびりと言った。まったく、こちらがこんなにダメージを受けているのに、どうして、こんな場違いなことを言うのだろう。私は、口調を強めた。

「何が桜貝ですか。薄気味悪い」

「っていうかさ……」金山さんの声が、突然尖《とが》った。「夢遊病という仮説は、どう考えても無理があると思うんだ」

言われなくとも、分かっている。

「失礼だけど、そのアパート、築何年？」

「え？……確か、今年で十五年」

「結構古いね。……で、戸締りは、ちゃんとしてた？」

「もちろんです。鍵もちゃんとかけたし、チェーンだって」

「ディスクシリンダー錠じゃない？　鍵穴、くの字を反転させたような、縦長じゃない？」

「え？　ああ、確かに、縦長ですね」

「チェーンもさ、受座本体が縦についてない？」

「縦についてますが、それがなにか？」

「縦についていたら、なんの役にも立たないよ」

「なんでですか？」

「ためしに、外からドアのすき間に手を入れてチェーンをはずしてごらん」

「今ですか？」

「うん、今」

「でも、チェーンをした状態では外に出られませんよ。私、一人だし」

「あ、そうか。なら、中からでもいいや。チェーンをして、ドアを少し開けた状態で、ひょいと指でチェーンを持ち上げるんだ」

私は子機を持ったまま、渋々、玄関に向かった。そして、チェーンが最大限に引っ張られるまでドアを開くと、チェーンを下からひょいっと持ち上げてみた。

「ほら、やっぱりはずれませんよ？」

「ドアを微妙に開けたり閉じたりしながらチェーンの弛《たゆ》みをいろいろ調整してみて」

だから、はずれないってば、そんな簡単にはずれたらチェーンの意味が……、あ。はずれた。

「その手のチェーンって、もろいんだよね。隙間があれば外からはずしたり、つけたりすることができる」

「……でも、でも、鍵をちゃんとかけました」

「だから、ディスクシリンダー錠でしょう？　針金かなんかをちょっと加工して鍵穴に入れてがちゃがちゃやれば、意外と簡単に開くんだよね。ほら、最近よく聞かない？　ピッキングって」

金山さんが何を言わんとしているのか。聞かなくても予想はつく。この部屋は、その気になれば、いつでも侵入できると、彼は言いたいのだ。

「もうひとつ、可能性がある。合鍵だ」

「合鍵なんて、誰にも渡してませんよ」そんな親しい人なんかいない。

「そこには新築で入ったの？」

「いえ。築七年で入りました」

「なら、前に住んでいた住人がいるわけか」

「だから、なんですか？」

「前の住人と大家と管理人と不動産屋。少なくとも、これだけの人たちが、そこの部屋の合鍵を持っているということだよ」

　つまり……。

「その部屋は、丸裸だということだね。しっかり着込んでいると思っているのは自分だけで、丸裸で往来の中、佇《たたず》んでいるようなものだ」

　なんていう喩《たと》えをするんだ。

　でも、金山さんの言うことも、もっともだ。確かに、日本人は安全神話を過信していて、セキュリティが甘い。それでも、なんとなく治安が守られているのは、それは人々の良識《モラル》によるところが大きい。そこに高価な商品がむき出しになって置いてあったとしても、大概の人が手を出さないように。でも、良識人ばかりではない。手癖の悪い人、モラルに欠けている人、善悪がひっくり返っている人、そして悪意のある人。そういう連中に目を付けられたら……。

「私が、目を付けられたと言いたいわけですか？」

私は、ほとんど叫んでいた。

「なんだよ、突然」

「あ、すみません、ちょっと興奮して。……警察。警察に行ったほうがいいでしょうかね？」

「盗まれたものは？」

「いまのところは、ないです」強《し》いて言えば爪だが、しかし、それは、見つかった。

「荒らされたとか？」

「それもないです」オリーブオイルを駄目にされたが。

「なら、警察は難しいかもしれないよ。それこそ、寝惚けてあなた自身がやったんじゃないですか？　って言われるだけだよ」

「やっぱり」

「とにかく、今日は、戸締りをしっかりして、ゆっくり休みなよ」

「でも、戸締りって言っても――」

しかし、電話は切れていた。だから、金山さんは苦手なのだ。人を煽《あお》るだけ煽って、「戸締りをしっかりしろよ」と締めくくる。戸締りしても無駄だっていうことを散々力説したのはそっちじゃないか。金山さんは人の不幸をおもしろがっているんだ、なにかのネタにするつもりだ。ほんと、いやな男だ！

また、隣から泣き声が聞こえてきた。

まったく、うるさいな！　母親もさ、近所のことを考えてちゃんと黙らせなさいよ！

壁に何かを投げつけたい衝動に駆られたが、指先に力が入らないため、つかみかけた時計をそっと、元に戻した。

もう、こんな時間なんだ。

子供はようやく泣き止んだようだ。その代わりに、ドア向こうから、足音が聞こえてきた。それは、確実に、こちらに近づいてきている。

やだ、うそ。

ガムテープを探し出すと、私は玄関に向かった。チェーンをくるくる巻いて長さを短くし、ドアが開けられてもなるべく隙間ができないようにしてみる。さらにチェーンの受座の部分にガムテープを何重にも貼り付けて、指を差し込まれても簡単にチェーンがはずれないようにもしてみた。新聞受けにもガムテープを貼りつけ、ついでだから、ドアの隙間という隙間をすべてガムテープで目張りしてみる。鍵を開けるのに成功したとしても、これでは、さすがに、侵入は難しいだろう。

耳を澄ましてみると、もう足音は聞こえなかった。

よかった。

ほっと力を抜くと、手にしていたガムテープがぽろりと落ちた。指先の痛みが蘇《よみがえ》る。見ると、血が滲んでいる。ドアに貼り付けたガムテープにも血。人間、恐怖に駆られると痛さもぶっとぶもんなんだ。無我夢中でガムテープを貼り付けていたさっきまでの自分がふと可笑《おか》しくなり、私はソファに体を沈めた。

はあ。疲れた。痛みが常時続くと、こんなにも体力を奪われるものなのか。それでなくとも、ここのところ、眠りが浅く、寝不足気味だった。

しかし、それは、どういうわけか、それほど不快なものではなかった。喩えるならば、インフルエンザのときの筋肉痛に似ている。痛くてたまらないのに、その痛さを実感したくてつい体を動かしてしまう。痛みを感じているうちに自分サイズに世界が縮小され、まるで世界の中心が自分であるかのようにすべてが痛みに集約され体が胎児のようにまるまっていき、しだいに痛みはふわふわとした浮遊感に代わり、ひどく幸福な安心感が体全体を包み、ついには、ひとつの点になる。

……気持ちいいかもしんない。

うん？　何か音が聞こえる。ううん、声だ。人間の声。隣の人？　それとも、テレビ？　何をしゃべっているの？　ね？　なに？　誰かいるの？　ね？　もうやめてよ、こないでよ、あっちに行ってよ！


がくっと膝が崩れたような気がして、目が覚めた。あのままソファで眠り込んでしまったようで、私の体半分、床に落ちていた。

目やにで汚れた目をおもいっきり擦《こす》る。つけっぱなしのテレビには、朝のニュースショー。しばらくはそれを眺めていたが、あっと思い立って、玄関に走った。

ドアは昨夜のまま、特に異常なし。部屋の中も、異常なし。

私は、一気にカーテンを開けてみた。

こうやって朝の光をたっぷり浴びていると、自分が何に怯えているのかつい忘れてしまう。朝は偉大だ。ありとあらゆる心のもやもやを力ずくで吹き飛ばしてしまう。

よし、今日も一日、仕事を頑張ろう。仕事に没頭していれば、痛さもいやなことも忘れる。というか、忘れなくちゃ。だって、仕事しなくちゃ、生活できない。

パソコンを立ち上げネットに繋ぐと、まずはＭａＭａガーデンに飛んでみた。思えば、昨日は丸一日、ほったらかしにしていた。チーフにあんなに強く「ちゃんとします」と言ったのに、またとんでもない展開になったら、今度こそ、言い訳の言葉がない。昨日は、確か管理人への悪口大会になっていた。それがエスカレートしてなきゃいいけれど。

が、ＭａＭａガーデンは、予想に反して、ひどく健全で穏やかで、楽しげに進んでいた。もちろん、反発的な書き込みもちらほら見られたが、それらはみごとにハンドリングされていた。リリコさんだ。あの毒舌系が、うまく掲示板を回している。まるで、リリコさんが管理人のようだ。いや、管理人そのものだ。こういう現象はときどき発生するとは聞いていたが。まさか、自分の身に起きるとは。

「それ、もしかして、乗っ取られたってこと？」

昼過ぎ、金山さんから電話があったので、私はＭａＭａガーデンのことを話してみた。

「やっぱり、乗っ取られたんでしょうか？」

「ああ、これは。完全に乗っ取られているね」

「え？　掲示板、見ているんですか？」

「うん。あれ？　覚えていない？　『おもしろい掲示板があるから見てくださいよ』って、僕にアドレス教えてくれたじゃん？　半年ぐらい前かな？」

ああ、そうだった。私がまだ野次馬の立場だったときだ。あの頃は、おもしろい掲示板やサイトを見つけるたびにリンクを貼ってあちこちにメールを出していたものだ。金山さんにも出していたなんて、すっかり忘れていた。

「メールをもらったその日に、早速、〝お気に入り〟にして、毎日のようにのぞいているよ」

「ああ、そうなんですか」

「……そういえば、前にも、同じようなことがあったな」

「え？」

「だから、乗っ取り」

「前の管理人さんのとき？」

「うん、見てなかった？　二ヵ月ぐらい前」

「ああ、先月まですごく忙しくて」

というのは嘘で、目玉が飛び出るほどの電話料金の請求書が来て、その頃はネットを控えていた。

「あのときも、こんな感じで、いきなりユーザーの一人が仕切りはじめて。他の常連もみんなそっちになびいて、管理人さん、浮いちゃって」

「仕切りはじめたユーザーさんって、やっぱり、リリコさん？」

「ううん、違う。エリザって人」

「ああ、なるほど」あの人なら、いかにもやりそうだ。

「でも、そのあとに、リリコさんが登場してきて、あの毒舌でエリザさんをばっさばっさと斬り出して、エリザさんの勢力が衰えてきたところに、管理人が変わったんだ」

なるほど、私はそのタイミングで、管理人になったということか。

「でも、よかったじゃん」

「なにがですか？」

「だって、リリコさんが管理人代わりになって仕切ってくれれば、楽ちんじゃん？」

「ええ、まあ」

確かにそうなのだけれど。第三者の立場なら私も同じことを言っていただろうと思うけれど。でも、やはり、気持ちのいいものじゃない。割り切れない。

「割り切るべきだよ」

金山さんは、少しだけ言葉を硬くした。「下手にのめり込むと、辛いことになるよ。それに、どうせ、長く続ける仕事でもないんでしょう？　他にも仕事があるわけなんだし。本業は字書きなんだからさ。ゆくゆくは小説家にもなりたいんでしょう？　だったら、割り切って仕事しなくちゃ。なんでもかんでも全力でやっていたら、もたないでしょう？」

「はい、……でも」

「で、コラム記事の件なんだけど」

金山さんは、本来の用件を、ここでようやく切り出した。そうだった。パソコンメーカーサイトに載せるコラム記事、締め切りが迫っている。

「大丈夫です。約束の日には必ず」

受話器を置くと、「それもそうだな」と、私はひとりごちた。

金山さんの言うとおり、ここは割り切ってしまったほうがいいのかもしれない。「リリコさんありがとう」ぐらいの気持ちで、心を大きく持って。そして、日に数回掲示板をのぞいて、どうしても目に余る記事だけそれとなく削除して。たったそれだけの労働で、あれだけの額のギャランティを毎月もらえるんだから、これほど美味しい仕事もない。

　割り切ったら、なんだか肩がふぅと軽くなった。が、すぐにずっしりと肩に落ちてきた。何か食べようと向かったキッチンは相変わらずのオイルまみれ、なら外食でもと玄関に向かったら、ガムテープだらけ。

　そうだった。掲示板ジャックなんかより深刻な問題が、ここにあった。私は、手を広げると、十本の指をまじまじと眺めた。

　それでも、私は基本的に楽観主義者なのかもしれない。四日も過ぎて指先の痛みも薄れてくると、恐怖心も薄れていった。キッチンのオイルも片付けたし、玄関ドアのガムテープもすべて撤去した。寝るときだけチェーンの受座部分にガムテープを貼りつけるというのを続けたが、一週間も過ぎると、それさえも止めていた。

　あ、あのメロディーだ。

　そうか。今日は月に一回の資源ゴミの日。部屋中の新聞紙と雑誌をかき集め紐でくくると、大慌てで外に出る。

　ゴミ集積場では、椎名さんと鉢合わせした。その手には、漫画の束。どうやらご主人が漫画好きらしく、前にも、奥さんが漫画を捨てようとしたところに出くわした。

「あ、その漫画、一度読んでみたかったんです」

挨拶代わりに私がそう言うと、奥さんは、「なら、お持ちください。まだきれいですから」と、その漫画の束を私に譲ってくれた。

しかし、今日捨てようとしている漫画は特に興味のあるものではなかったので、私は、そのまま軽く会釈《えしやく》だけした。

奥さんの傍らには、泣き虫の男の子。会うといつでもぐずっているのだが、今日はずいぶんとおとなしい。男の子は、うつろな視線をこちらに飛ばすと、少しだけ泣き顔になったが、しかし泣くことはせずに、指をしゃぶりはじめた。「駄目」。しかし、奥さんがそれをやめさせた。口から抜かれた指の先は赤く腫れ上がっている。

私の視線に気付いたのか、奥さんは男の子の指を自分の手で包み込み、隠した。

「失礼します」

目を伏せながら部屋に戻っていく奥さんの後姿、しかし、そのときは特になにも思わず、私も部屋に戻った。コラムを書き上げて、テキストを金山さんに送らなければならない。今日が締め切りだ。

「よし、これで終了。早速、送らなきゃ」

メールソフトを立ち上げると、メールが四通届いていた。一通は金山さん、たぶん、原稿の催促だろう。そしてもう二通はどちらもジャンクメールだ。中味も見ずに、ゴミ箱行き。

そして、もう一通は、〝通りすがりのお節介〟という名の人からだった。この人はMaMaガーデンのユーザーらしく、以前は励ましのメールをくれたのだが、今回は苦言だった。

「最近のあなたにはがっかりです。管理人の仕事、放棄していませんか？　パカを相手にいろいろ大変かもしれませんが、逃げないでください」

そんなことを言われても。というか、「パカ」って。きついことを言われているのに、つい、笑ってしまう。

あれ？　メールを眺めているうちに、ある違和感が浮かんできた。

前回のメールはQ電機のサーバーから転送されてきた。MaMaガーデンにある管理人への問い合わせ先にメールを送れば、一旦はQ電機のサーバーに送られるが、そのあとは自動で、私のところに転送される仕組みになっている。が、今回は。

「なんで、この人、私のメアドに直接メールを送信できたの？」

それは、私のメールアドレスを知っているからだ。

なんで？

体がざわざわと反応をはじめた。

私は、改めて、メールの情報を眺めてみた。差出人の名前は〝通りすがりのお節介〟、メールアドレスを確認してみると、捨てアドレスとしてよく利用されているフリーメールのものだった。つまり、相手は、とことん匿名であることに拘《こだわ》っている人なのだ。そこまでして、私にメールを出す意味は？　それ以前に、なんで私のメールアドレスを知っているの？

その日は、さらにこんなこともあった。

MaMaガーデンをのぞいていたときである。

雲隠れしていたあの〝シイラ〟が記事を投稿していた。

「今日は水曜日ですね。友達の家に遊びにいくことになっているので、とても楽しみです」

それは短い文で、内容も前後の記事を無視したなんの脈絡もないものだったのでレスはつかずに放置されていたが、私の体は激しく反応した。キーボードがかたかたと震える。

アクセス解析のページに飛ぶと、シイラさんのリファラーを辿ってみた。あのとき

と同じホームページに辿り着く。ソースを表示させてみると、

〈……なんだか、とても疲れているみたいですね。あなたの疲れを、なんとか癒してあげたい。あなたの疲れをなんとか取り除いてあげたい。今日も遊びに行っていいですか？……〉

時計は、夜の八時を過ぎたところだった。この時間ならまだ、あまり親しくない人に電話しても非常識と罵《ののし》られることもないだろう。私は、名刺ケースを取り出すと、その名刺を引き抜いた。名刺には、手書きで携帯電話の番号が記されている。前に仕事をしたときに、「急ぎの用があったらこちらに電話してください」と教わったものだ。受話器をとると、私はその番号を押した。

「あ、夜分、すみません、私……」名乗ると、Tさんは「ああ、どうも、ご無沙汰しています」と、返してくれた。しかし、声は暗かった。

「今、大丈夫ですか？」

「ええ、まあ。……なにかありました？」

「Tさん、MaMaガーデンの管理人されてましたよね？　私が今、MaMaガーデンの管理人をやっているんです」

「ああ、そうなんですか」

「思った以上に、大変で」

「そうでしょうね。私も大変な目にあいました」

「どんな目に？　……あったんですか？」

「思い出したくもないです」

「あ、すみません。……あの」

「なんですか？」

「いえ、その……」

子供の泣き声。また隣からだ。今夜はいつもより激しい。

「どうしました？」

「いえ、隣の子供がまた泣きはじめて。大丈夫ですか？　私の声、聞こえますか？」

「ええ、大丈夫です。……そんなに煩いんですか？」

「ええ、もう、凄いんです。まるで、すぐそこに子供がいて、耳の傍で泣かれているようです。頭ががんがんします」

「……そうですか。で、今日は、なんのご用ですか？」

「ええ、ですから、ＭａＭａガーデンの管理人としての、心得というか、なんというか。……うまく仕事をこなすためのアドバイスを……」

「係わり合いにならないことです」

「はい？」

「あの掲示板に集まってくる連中は、みな、カスですから、バカですから、頭がイカレてますから、相手にしちゃ駄目です。とにかく、真剣に仕事をしようだなんて、思っちゃだめですから。こっちまでおかしくなりますから」

「あ、でも……」

「じゃ、もうこれでいいでしょうか？　では」

電話は切れた。

聞きたかったことがあったのに。どうしても、確認してみたいことがあったのに。

あなたが、シイラさんですか？

私がなぜ、そんなことを唐突に思ったかというと、ＭａＭａガーデンのアクセス解析を眺めているときだった。ふいに思いつき、リリコさんのＩＰアドレスを検索してみた。ＩＰアドレスはただの数字の羅列で、ＡさんとＢさんは違うハンドルネームを使用しているが実は同一人物である、ということは分かるが、それ以上は分からない。が、検索にかければ、もっと詳しいことが分かる。その結果、分かったことは、二つ。

一つは、リリコさんが利用しているサーバーはQ電機のもので、つまりそれは、Q電機の誰かが、社内から記事を投稿しているということだ。

さらに、〝通りすがりのお節介〟と称するユーザーからもらったメールのヘッダー部分を確認してみたところ、アドレスこそフリーメールであるが、送信元のサーバーはQ電機のものだった。つまり、リリコさんと〝通りすがりのお節介〟は、Q電機の社員である確率が非常に高く、同一人物である可能性も高かった。いや、ほぼ一〇〇パーセント、同一人物だろう。証拠を出せと言われれば、提示することもできる。リリコさんは、その入力記事から、かな入力であることが明らかだ。〝ぱ〟と〝ば〟など、濁点と半濁点をよく間違えるのだが、この間違いは、ローマ字入力ではあまり発生しない。かな入力特有の間違いであるともいえるのだが、その間違いを、〝通りすがりのお節介〟さんも犯している。ここまで推理して、思い浮かんだのが、Tさんだった。

Tさんがかな入力なのは、一緒に仕事をしているときに知った。

「私、かな入力だから、アルファベットの入力になると、途端にスピードが落ちるんですよね」

　ということを何度か聞いたことがある。

「うん、なるほど。通りすがりのお節介さんとリリコさんとTさんが同一人物だという推理は説得力があるな」

　その夜、原稿の件で金山さんから電話があり、私は自身の推理を披露してみた。

「でしょう？　間違いないです」

「うん。間違いないね」

「でも、どうしてなんでしょう？　なんで、Tさんはリリコさんに成りすましたんでしょう？」

「そうだな。……僕、ほぼ毎日ＭａＭａガーデンをウォッチしてたんだけど、管理人だったTさん、かなりキレてたよ。エリザさんを筆頭に常連にさんざんに叩かれてさ。で、別ハンドルで逆襲したというのは、分からないでもない」

「私も、別ハンドルを使って、書き込んだことありますよ」

「もしかして、ホセ・メンドーサとカーロス・リベラとマンモス西？」

「ああ、やっぱり、分かりました？」

「バレバレだよ。だって、口調は同じだし、明らかに流れを変えようと躍起《やっき》になっていたし」

「自分では分からないけれど、傍《はた》から見ると、バレバレなんですよね、そういうのって」

「でも、それで、どうしてTさんがシイラさんだ、ということになるの？」

痛いところを突かれた。そうなのだ、今の時点で、Tさん＝シイラさんとするのは、まだ無理がある。しかし、私には強い確信があった。

「閃《ひらめ》いたんです。直感です」

「直感って……」

「リリコという別名で掲示板に常駐して乗っ取りをやっちゃうぐらいの人だから、シイラという名前で私を脅かしてもおかしくないと」

「めちゃくちゃだな……。途中までいい感じの推理だったのに、なんで最後でそうなっちゃうわけ？」

「そうですか？　でも、こういうのって、直感って大事だと思うんですけど。でも、まるっきりの直感でもなくて、ちゃんと裏づけがあるんです」

「なに？」

「シイラさんのＩＰアドレスを確認してみたんです」

「へー。で、どうだったの？」

「Q電機のサーバーからではありませんでした」

「じゃ、全然、駄目じゃん」

「いや、待ってください。ネットカフェからの投稿だったんです」

「ネットカフェ？」

「しかもですよ、そのネットカフェ、渋谷にあるみたいなんです」

「へー、そんなことまで分かるんだ」

「渋谷といったら、Q電機の本社からも近いんですよ。だから、ほぼ、間違いないと思います。それに、Tさん、私の名刺持ってますから、私のアパートに来ようと思えば……」

「なるほどね」

「でしょう？」

「じゃ、これで解決ってこと？」

「うん……、でも、なんだかすっきりしないんですよね」

「なにが？」

「Tさんがシイラさんだったとして、どうして、あんないやがらせを？」

「いやがらせ？」

「だって、そうじゃないですか。あんな薄気味悪いやりかたで、私を恐がらせて。おかげで私、ぼろぼろです。なんとか頑張って日常を送ってますけど、神経はいまにも擦り切れそうです。それに、隣の子供の泣き声のせいで、ずっと寝不足だったもんだから、余計に、神経にきました」

「隣の子、そんなに煩いんだ」

「煩いなんてもんじゃないです。今だって、泣いているんです。すぐそこで泣いているような煩さです。聞こえませんか？」

「いや、こっちには全然聞こえないけど」

「電話じゃ分かんないですね。こんなにすごい泣き声なのに。この三年間、あの子が生まれてからこの三年間、ずっとずっとずっと、こんな調子です。それでも我慢してきたんです」

私の声は、いつのまにか震えていた。頬に手をやると、涙でぐっしょり濡れている。

「私、今、ひどく後悔しているんです。シイラさんのリファラーを辿ったことを。あのホームページに行きさえしなければ、こんなにぼろぼろにならなくて済んだかもって」

　誇張でもなんでもなく、私は本当に、頭がおかしくなりそうだった。すべてを明らかにして、早く楽になりたい。だから、私は、どうしても、解決させたかったのだ。幽霊の正体は柳だった……的な、すっきりするオチをすぐにでもほしかった。そして、安心してゆっくり眠りたかった。Tさんがシイラさんであれば、ほぼ、解決だ。

「いや、でも。……だって、やっぱり、変だよ、その推理。Tさんがシイラさんだったとして、なぜ、Tさんはそんな手の込んだことをしたんだよ？」

「私に嫉妬してたのかもしれません」

　私は、自分の推測を簡単にまとめると、言った。「Tさんは、ばりばりのキャリアウーマン風の人なんです。人に負けることがなにより嫌いな。そういう人って、何事にも極端に頑張っちゃって、だから破綻して。自分ではまだやれると思っているのに、周りから力ずくで辞めさせられて。不本意ながらも退いてみたものの、やっぱり悔しくて。だから、自分の後釜《あとがま》に座った私に、不条理な嫉妬を抱いてしまったんじゃないかと」

「ああ、なるほどね。……そういう考え方もできるかもね。でもさ、あまり深刻にならないほうがいいと思うよ」

「深刻にもなりますって！　私、爪を剝がされたんですよ？　いくらなんでも、そこまでやります？」

「っていうか、それ、本当に……」

「ええ、誰かに、剝がされたんですよ！　寝惚けて自分がやったって思い込もうとしたけれど、やっぱり、違うんです！　今日だって、犯行予告を突きつけられたんです！」

「いや、ちょっと待って、落ち着いて」

「落ち着いてますよ。落ち着いているからこそ、Tさんまで辿り着くことができたんです。私、警察に行こうかと」

「いやいや、とりあえずさ、様子を見てみたら？　だいいち、Tさんがシイラさんだっていう確証はないんだし」

「でも！」

「だからさ。ちゃんとした証拠もないのに一方的に警察沙汰にしたら、なにかと面倒なんじゃないの？　なにしろ、相手はQ電機なんだし」

「ええ、そうですね。それはそうです。証拠ですね。私、寝ないで、張り込みます。ええ、寝てなんかいられません。必ず、動かぬ証拠を」

あれ？

何か証拠はないかとMaMaガーデンでリリコさんの投稿記事を遡っていたときだった。

……この人も、〝ば〟と〝ぱ〟を間違えている。あ、この人も。そして、この人も。

メールが来た。

チーフからだった。

メールの内容は、週報を提出してほしいというものだった。ああ、そうだった。週報、すっかり忘れていた。

あ。濁点と半濁点を打ち間違えている。……チーフも、かな入力なの？

思考がぐらっと揺らいで、私の頭は完全に混乱した。

「かな入力、私だけじゃないのよ。三十代以上のQ電機の社員って、結構な割合でかな入力なの。これも、ワープロ時代の名残なのかな。ワープロ全盛期には、新人教育のときにローマ字入力の人もわざわざかな入力にさせられたものよ。今じゃ、まるっきり逆転しているけどね」

Tさんの言葉を思い出した。

まさか。

突然閃いたその推測は、できれば外れてほしいものだった。

私は、再度MaMaガーデンに飛んでみた。これまでの過去ログをすべて遡ってみる。それは膨大な量で、それをすべて確認し終わるまでに、三時間が過ぎていた。

「うそ」

全身にびっちりと、鳥肌が立つ。あまりの薄気味悪さに、体ががたがた震える。MaMaガーデンに投稿している常連のほとんどが、一度は、濁音、半濁音のタイプミスを犯している。

「ここの常連、ほとんどが、Q電機の社員ってこと？　エリザさんも、ユカリンママさんも、みゆみゆさんも……」

掲示板そのものが、自演、言い換えれば〝やらせ〟ということなのか？

いや、いや、それはいくらなんでも飛躍しすぎだ。かな入力の人が全員Q電機の関係者というのは、あまりに乱暴すぎる。そうだ、考えすぎだ。考えすぎだということを証明するために、私は、常連ひとりひとりのIPアドレスを検索してみた。

五十人ほど検索してみて、もう充分だと思った。五十人中四十八人が、Q電機関連のサーバーから送信されている。

鼻からつーんと何かが抜けていく感じがして、私はそのまま机につっぷした。

子供の、泣き声。……煩い、煩い、煩い！

あ、ネット接続を切るのを忘れた。

突然思い出して、私は頭を上げた。

カーテンからは、眩《まぶ》しいほどの朝日。目の前には、幾何学模様のスクリーンセーバー。そして、キーボードには。

ひぃ。

私は、声にならない悲鳴を上げた。

腰が抜けて、椅子から転げ落ちる。

シイラさんは、やっぱり、来たんだ！

シイラさんは、やっぱり……！


もう、いやだ、こんなの、いやだ！

手元の子機を手繰《たぐ》り寄せると、Q電機の電話番号を押す。

「私、やめます、管理人、やめます」

いきなり私が喚《わめ》いたものだから、電話に出たチーフは何事かと、声を裏返した。

「どうしたんですか？」

「もう、勘弁してください。お金はいりません。電話料金だってもういいです。だから、もうやめさせてください！」

そして、私は電話を切った。

頬は、涙でぐっしょり濡れていた。それでもまだ涙は尽きないようで、顎に次々と涙がたまっていく。

涙の原因はいろいろあるが、一番の理由は、やはり、剝がされた爪だった。爪にはきれいに色が塗られ、それぞれキーボードの上に置かれていた。

「もう、限界です。私、やっぱり、警察に行きます！」

私のことを心配して電話してきた金山さんに、私は叫んだ。

「どうしたの？」なのに金山さんは、暢気《のんき》に応える。

「だから、爪が、爪が！」

「落ち着いて」

「シイラさんが、来たんです」

「シイラさんを、見たの？」

「見てません、でも、来たんです」

「落ち着いて、落ち着いて」

「落ち着いてますよ、ええ、落ち着いていますってば。シイラさんが来たんです、Tさんが来たんです！」

「ほんとうに、Tさん？」

「え？」

昨日までは、間違いなく、Tさんだと思っていた。だが、今となっては、容疑者が多すぎて、特定できない。なにしろ、容疑者は、MaMaガーデンの常連ほぼ全員だ。いや、もっと多いかもしれない。Q電機社員すべてかもしれない。

「Q電機社員すべてってって。なに言い出すんだよ。さすがに、それは……。ね。大丈夫？　警察より、病院に行ったほうが」

金山さんは、私の頭の具合を疑いはじめたようだった。私の頭がおかしくなったと思っているのだ。

おかしくなんかない。私は、正常よ！

ゴミ収集車のメロディーが、のんびりと聞こえてくる。ふと、視線を窓に移すと、ゴミ集積場に何人かの人影を認めた。なにか、いつもと様子が違う。人影はどれもこのアパートの住人で、こちらをちらちら窺っている。一人の奥さんと目が合った。隣の人だ。いつも一緒にいる子供の姿が見えない。夜泣きが激しくて、癇癪持ちのクソガキ。私の神経を逆撫《さかな》でする、ロクデナシ。隣の私がこれほど参っているんだから、母親であるあの奥さんはもっと大変なんじゃないだろうか。私だったら、間違いなくノイローゼになっている。

ノイローゼ？

まさか。私は、隣の奥さんの名前を改めて口に出してみた。……椎名さん。しいな、しいな、しいら……シイラ。

もしかして、奥さんが、シイラさん？

「隣の奥さんかも……しれません」私は、呟《つぶや》いた。

「え？」

「今、ふと閃いたんですけど、隣の奥さんが、怪しいんです。椎名って名前の人なんですが、この人がシイラさんかもしれません」

「どうして？」

「だって、椎名ですよ？　シ・イ・ナ。シイラと似てません？」

「……ちょっと強引じゃない？」

「いえ、他にも証拠があります。隣の子供、とにかくやんちゃで、ぎゃーぎゃー煩いんです」

「ああ、それは、前にも聞いたよ」

「椎名さんがシイラさんだとしたら、なにもかも合点《がてん》がいくんです。ああ、そうです、きれいに、合点がいくんです」

きっと椎名さんは、前々からMaMaガーデンをのぞいていたのだろう。なにしろ、有名サイトだ。小さな子供がいる母親なら、まずは訪問するだろう。

椎名さんはもちろん、隣に住む私が管理人をやっているということは知らなかっただろうが、〝ホセ・メンドーサ〟と〝カーロス・リベラ〟と〝マンモス西〟のハンドルネームを見て、ぴんときたのだろう。ハンドルネームの由来になった漫画は、ゴミとして捨てられそうになったのを私が引き取ったものだ。だから、あのハンドルネームで、あの奥さんはぴんときたのだ。MaMaガーデンの管理人は私であると。

「いやいや、それはいくらなんでも、短絡的じゃないかな？　だいいち、なんでその奥さんが、君の爪を剝がなくちゃいけないんだ？」

「分かりませんよ！　でも、こちらに身に覚えがなくても、恨みを買うのが、この世の中の恐いところじゃないですか。きっと、あの奥さん、育児ノイローゼで、頭がおかしくなったんです。そうですよ、だって、本当にあの子、ひどい癇癪持ちなんです。こちらまで頭がおかしくなるぐらいなんです。あんな子と一日中一緒にいたら、変にもなりますよ。だから、彼女、普通じゃないんです。だから、私たちが考えられないようなことをするんです。不条理なんです」

「いや、だからね」

「どうして、爪を剝がすのかって？　それは、だから、普通じゃないからですよ。爪を剝がすことに快感を覚える変態なんですよ。爪に執着する異常者なんですよ！　でも、それ、なんとなく分かる気もします。何かを剝がすって、気持ちよくありませんか？　ほら、だって、シールだってきれいに剝がれたら、なんかすっきりするじゃないですか？　ぴったりと貼り付いているものを剝がす瞬間、あれはなんともいえないものです。

シイラさんの場合は、それが爪なんですよ。たぶん、はじめは本当に深爪だったんでしょうね。なにかの拍子に、爪をちょっぴり剝がしてしまった。それが快感を生み、ついには、爪を見ただけで、うずうずするようになった。爪を見たら、剝がさずにはいられなくなったんです。剝がした爪は、できれば、ずっと手元に置いて、飾っておきたい、そんなふうにも考えたかもしれません。瓶、例えばオリーブオイルの瓶の中に入れておけば、オブジェになります。オリーブ色の海の中に漂う貝殻?って感じでしょうか。キーボードの上に置いておけば茶目っ気のある飾りになります。……つまり、そういう性癖の人なんです、椎名さんは。普通じゃないんです」

「いやいやいや、だから、だから、落ち着いて、ね、頼むから」

だから、落ち着いているってば。こんなに理路整然と説明しているのに、どうして金山さんは分かってくれないんだろう。やっぱり、この人には何を話しても無駄なんだ。

玄関先が、妙に騒がしい。複数人の足音が聞こえている。何事かと玄関に向かったところで、ドアベルが鳴った。

子機を持ったまま、ドアスコープをのぞき込んでみる。

「なんか、男の人がたくさんいます」

「誰?」

「制服を着た人もいるから……警察かも」

「警察?」

「そうだ、警察です。警察が、あちらからやってきましたよ、よかった!」

「どうして、警察が?」

「それは分かりません。でも、来てくれたんだから、歓迎しなくちゃ。しっかり、協力しなくちゃ」

「……………」

「私、今回のこと、書いてみますよ。そしたら、買い取ってくれます？」

「え？　ああ、そうだね」

「でも、実話だから、問題になりませんかね？」

「……大丈夫だよ、ぜひ、書いてよ」

金山さんの「大丈夫だよ」は、あまりあてにならない。今までも、何度も痛い目にあってきた。でも、今回は信じてみよう。なにしろ、私は高額な出費を控えている。電話料金だ。ＭａＭａガーデンの仕事を降板してしまったせいで、電話料金まで自腹になってしまった。きっと、ものすごい額が請求されるのだろう。

「じゃ、本気で書いてみますね。書きあがったら、送ります」

ドアベルが、しつこく鳴り響く。

「あ、すみません、じゃ、一旦、切りますね」

そして、私はドアを開けた。

*

結局、あの電話以来、私は彼女と会っていない。その日、彼女は逮捕された。

しかし、仕事だけは真面目だった彼女からは、約束どおり、原稿が送られてきた。事件から一年後、不起訴となった彼女はとある精神病院に送られていたのだが、そこで入力したものらしい。原稿データを受け取ったはいいが、彼女がまったく自身の狂気に気付いていない内容だったので、私は、即、それをお蔵入りにしたのだった。

彼女が犯した罪は、起訴されれば「傷害罪」および「住居侵入罪」になるはずだった。

週刊誌に載った記事によると、深夜、ピッキングで錠を解除し、ドアの隙間から指を差し入れチェーンを外し、隣の部屋に侵入したそうだ。そして、寝ている子供の爪を剝いで自分の家に持ち帰ってきれいに色を塗り、キーボードの上に置いたのだという。

どうして子供の爪を剝いだのか。その週刊誌には、彼女の知人の証言も載っていた。

……あのTさんだ。

――それは、爪を剝げば子供がおとなしくなると思ったからでしょう。隣の子供の夜泣きは、酷いものだったと聞いています。しかも、掲示板の管理人もやっていて、過労と寝不足が重なり神経が衰弱していた彼女は、心神喪失に陥り、あのような行動に出たのだと思います。もし、私が彼女の立場だったら、私も同じことをしていたかもしれません。子供の夜泣きほど、腹立たしいものはありません――。

しかし、当の本人は、犯行を否認した。事件が起きた一週間前、彼女自身の爪が剝がされるという怪事も起きているのだが、これに関しては、あるいは自分がやったのかもしれないと供述しているものの、子供の爪に関しては、自分がやったのではないと彼女は言い張った。が、夢遊病状態で自身の爪を剝ぐような人間なのだから、子供の爪を剝いでもおかしくはないと警察は判断し、検察も起訴を見送り、その代わりに病院に移送された。

あれから七年。私はフリーの編集者となり、今は文芸が主な仕事だ。彼女も本来は小説家になるのが希望だったから、彼女があのまま正常であれば、一緒に仕事をしていたかもしれない。

彼女の原稿をお蔵入りにした理由は、もうひとつあった。

それは、私の自責の念だ。

彼女の狂気を発症させたのは、私にも一因がある。

私こそが、彼女が恐れおののいていた〝シイラ〟だった。

それは、ほんの親切心で、掲示板管理に難儀していた彼女をフォローするつもりで、自分が小さい頃に親にやられた「深爪の刑」を、シイラというハンドルネームで投稿したのだった。

そのとき、〝みゆみゆ〟というユーザーが投稿した画像がもとで、掲示板は大いに荒れていて、とてもじゃないが、彼女の手腕ではおさめられそうにもなかった。だから、流れを変えようと、早速IDとパスワードを手に入れて、会社近くのネットカフェから投稿したのだった。

私はそのとき、ちょっとした演出も試みた。適当に作ったホームページからMaMaガーデンに行き、自分の足跡をのこしたのだ。そうすれば、彼女のことだ、必ずリファラーを辿ってくるだろうと。はじめは、ホームページにそのまま表示される形で彼女へのメッセージを書き込んだが、もっと手の込んだ演出にしたほうが、より印象的に伝わると思い、私はソースにコメントを埋め込んだ。

案の定、彼女はやってきた。そして、ソースを確認してくれた。

私の計画では、毎日のようにメッセージを変えて、ゆくゆくは、彼女にプロポーズするつもりだった。だから、私は、私であることをそれとなく知らせるため、ハンドルネームを工夫し、さらに暗号も埋め込んでおいた。海の中を泳ぐ魚――金山《しいら》の画像。これほど簡単な暗号もないだろう。あの画像を見て、私の名前である「金山」を連想できないというのは、あまりに鈍すぎる。

計画では、彼女は私の暗号をすぐに読み解き、メッセージの真意も見抜いて、私のプロポーズを受け入れるはずだった。彼女も私に気があるはずだったから。が、彼女は暗号には気付かず、メッセージにいたっては、まったく見当違いな深読みをして、自ら、恐怖という狂気に沈み込んでいったのだ。シイラが私であることにいつ気がつくだろうと心待ちしていたが、無駄だった。見当違いな推理ばかりして、自らどんどん、とんでもない方向に転がっていった。私は彼女の話に合わせていたが、実際のところは失望していた。あんな簡単な暗号を解読できないなんて。私の心からのプレゼントにも気がつかないなんて、なんて頭の回転の悪いバカな女かと当時は腹も立ったが、彼女の性格をもっと考慮すべきだったと、今は反省している。

しかし、私も弁解したい。彼女の神経があそこまで脆《もろ》く、あれほどまでに思い込みが激しい性質だなんて私はまったく知らなかったのだ。もし、知っていれば、あんなことはせずに、ストレートに彼女に求愛したことだろう。

それとも、彼女はすでに壊れていたのかもしれない。薄利多売の蟻地獄に陥っていた彼女の神経は磨耗していた。そんな中、掲示板管理などという、正常な人だっておかしくなるような仕事を請けたのだ。彼女が壊れてしまうのは時間の問題だったのかもしれない。

いずれにしても、彼女の原稿は、もう、ない。この部屋を探せば、どこかにプリントアウトしたものが見つかるかもしれないが、そんな気力もない。

今、私は、ひどく疲れている。

仕事の疲れを癒してくれたオブジェを駄目にしてしまったからだ。それは海の底に眠る貝をテーマにしたものだった。丹精込めて作った、爪の芸術《ネイルアート》。ありとあらゆる爪を集めて色を塗って、形ごとに分類して、七年もかけて仕上げた一番のお気に入りだった。なのに。……今朝駄目にしてしまった。

また、いちからやり直せばいいじゃないか、とも思うのだが、やはり、気が重い。あれは、本当にお気に入りだったのだ。

また同じように作れるか、少し、自信がない――。

さて、ここまで入力して、この原稿をどうしようか。

やはりお蔵入りにしたほうがいいだろう。

「X出版　文芸編集部　K様

一度承諾しておきながら、大変申し訳ありません。今回は、適当な作品を提供することができません。ご期待に添えなくて、残念です。

金山」

底本／初出

「一九九九年の同窓会」（二〇一一年「小説現代」十一月号）
「いつまでも、仲良く。」（二〇〇七年「メフィスト」五月号）
「シークレットロマンス」（二〇一二年「小説すばる」九月号）
「初恋」（二〇一三年「オール讀物」八月号）
「小田原市ランタン町の惨劇」（二〇一二年「小説現代」五月号）
「ネイルアート」（二〇〇七年「メフィスト」九月号）

|著者| 真梨幸子　1964年宮崎県生まれ。多摩芸術学園映画科卒業。2005年『孤虫症《こちゅうしょう》』（講談社文庫）で第32回メフィスト賞を受賞し作家デビュー。女性の業《ごう》や執念を潜《ひそ》ませたホラータッチのミステリーを精力的に執筆し、着実にファンを増やす。'11年に文庫化された『殺人鬼フジコの衝動』（徳間文庫）がベストセラーに。他の著書に『深く深く、砂に埋めて』『女ともだち』『クロク、ヌレ！』『えんじ色心中』『カンタベリー・テイルズ』（すべて講談社文庫）、『人生相談。』『私が失敗した理由は』（ともに講談社）、『あの女』（幻冬舎文庫）、『５人のジュンコ』（徳間文庫）、『鸚鵡楼《おうむろう》の惨劇』（小学館文庫）、『アルテーミスの采配』（幻冬舎）などがある。

イヤミス短篇集《たんぺんしゅう》

真梨幸子《まりゆきこ》

講談社文庫
定価はカバーに
表示してあります

2016年11月15日第１刷発行
2017年５月18日第４刷発行

発行者――鈴木　哲
発行所――株式会社　講談社
東京都文京区音羽2-12-21　〒112-8001
電話　出版（03）5395-3510
　　　販売（03）5395-5817
　　　業務（03）5395-3615

Printed in Japan

デザイン―菊地信義
本文データ制作―講談社デジタル製作
印刷―――凸版印刷株式会社
製本―――株式会社国宝社

ISBN978-4-06-293504-3

講談社文庫刊行の辞

二十一世紀の到来を目睫に望みながら、われわれはいま、人類史上かつて例を見ない巨大な転換期をむかえようとしている。

世界も、日本も、激動の予兆に対する期待とおののきを内に蔵して、未知の時代に歩み入ろうとしている。このときにあたり、創業の人野間清治の「ナショナル・エデュケイター」への志を現代に甦らせようと意図して、われわれはここに古今の文芸作品はいうまでもなく、ひろく人文・社会・自然の諸科学から東西の名著を網羅する、新しい綜合文庫の発刊を決意した。

激動の転換期はまた断絶の時代である。われわれは戦後二十五年間の出版文化のありかたへの深い反省をこめて、この断絶の時代にあえて人間的な持続を求めようとする。いたずらに浮薄な商業主義のあだ花を追い求めることなく、長期にわたって良書に生命をあたえようとつとめるところにしか、今後の出版文化の真の繁栄はあり得ないと信じるからである。

同時にわれわれはこの綜合文庫の刊行を通じて、人文・社会・自然の諸科学が、結局人間の学にほかならないことを立証しようと願っている。かつて知識とは、「汝自身を知る」ことにつきていた。現代社会の瑣末な情報の氾濫のなかから、力強い知識の源泉を掘り起し、技術文明のただなかに、生きた人間の姿を復活させること。それこそわれわれの切なる希求である。

われわれは権威に盲従せず、俗流に媚びることなく、渾然一体となって日本の「草の根」をかたちづくる若く新しい世代の人々に、心をこめてこの新しい綜合文庫をおくり届けたい。それは知識の泉であるとともに感受性のふるさとであり、もっとも有機的に組織され、社会に開かれた万人のための大学をめざしている。大方の支援と協力を衷心より切望してやまない。

一九七一年七月

野間省一

講談社文庫　目録

牧野　修／巴　亮介 漫画原作　ミュージアム〈公式ノベライズ〉
毎日新聞夕刊編集部　女はトイレで何をしているのか？〈現代ニッポン人の生態学〉
前田司郎　愛でもない青春でもない旅立たない
間庭典子　走れば人生見えてくる
松本裕士　兄〈追憶のhide〉弟
枡野浩一　結婚失格
円居　挽　丸太町ルヴォワール
円居　挽　烏丸ルヴォワール
円居　挽　今出川ルヴォワール
円居　挽　河原町ルヴォワール
松宮　宏　秘剣こいわらい
松宮　宏　くすぶり亦《また》蔵《ぞう》〈秘剣こいわらい〉
松宮　宏　さくらんぼ同盟
丸山天寿　琅《ろう》邪《や》の鬼
丸山天寿　琅《ろう》邪《や》の虎
町山智浩　アメリカ格差ウォーズ 99%対1%
松岡圭祐　探偵の探偵
松岡圭祐　探偵の探偵II
松岡圭祐　探偵の探偵III
松岡圭祐　探偵の探偵IV
松岡圭祐　水鏡推理
松岡圭祐　水鏡推理II〈インパクトファクター〉
松岡圭祐　水鏡推理III〈パレイドリア・フェイス〉
松岡圭祐　水鏡推理IV〈アノマリー〉
松岡圭祐　水鏡推理V〈ニュークリアフュージョン〉
松岡圭祐　水鏡推理VI〈クロノスタシス〉
松岡圭祐　探偵の鑑定I
松岡圭祐　探偵の鑑定II
松岡圭祐　万能鑑定士Qの最終巻〈ムンクの〈叫び〉〉
松島泰勝　琉球独立宣言〈実現可能な五つの方法〉
松原　始　カラスの教科書
益田ミリ　五年前の忘れ物
三好　徹　政・財 腐蝕の１００年
三好　徹　政・財 腐蝕の100年 大正編
三浦哲郎　曠野の妻
三浦綾子　ひつじが丘
三浦綾子　岩に立つ
三浦綾子　青い棘《とげ》
三浦綾子　イエス・キリストの生涯
三浦綾子　あのポプラの上が空
三浦綾子　小さな一歩から
三浦綾子　増補決定版 言葉の花束〈愛といのちの792章〉
三浦綾子　愛すること信ずること
三浦光世・三浦綾子　愛に遠くあれど〈夫と妻の対話〉
三浦明博　死《し》水《すい》
三浦明博　サーカス市場
三浦明博　感染広告
三浦明博　滅びのモノクローム
宮尾登美子　新装版天璋院篤姫(上)(下)
宮尾登美子　新装版 一絃の琴
宮尾登美子　東福門院和子《まさこ》の涙(上)(下)〈レジェンド歴史時代小説〉
皆川博子　冬の旅人(上)(下)
宮崎康平　新装版 まぼろしの邪馬台国 第1部・第2部
宮本　輝　ひとたびはポプラに臥す 1〜6
宮本　輝　骸骨ビルの庭(上)(下)
宮本　輝　新装版 二十歳《はたち》の火影《ほかげ》
宮本　輝　新装版 命の器

講談社文庫　目録

宮本　輝　新装版　避暑地の猫
宮本　輝　新装版　ここに地終わり 海始まる(上)(下)
宮本　輝　新装版　花の降る午後(上)(下)
宮本　輝　新装版　オレンジの壺(上)(下)
宮本　輝　にぎやかな天地(上)(下)
宮本　輝　新装版　朝の歓び(上)(下)
峰　隆一郎　寝台特急「さくら」死者の罠
宮城谷昌光　侠骨記
宮城谷昌光　夏姫春秋(上)(下)
宮城谷昌光　花の歳月
宮城谷昌光　重《ちょう》耳《じ》(全三冊)
宮城谷昌光　春秋の色
宮城谷昌光　介《かい》子《し》推《すい》
宮城谷昌光　孟嘗君　全五冊
宮城谷昌光　春秋の名君
宮城谷昌光　子産(上)(下)
宮城谷昌光他　異色中国短篇傑作大全
宮城谷昌光　湖底の城〈呉越春秋〉一
宮城谷昌光　湖底の城〈呉越春秋〉二
宮城谷昌光　湖底の城〈呉越春秋〉三
宮城谷昌光　湖底の城〈呉越春秋〉四
宮城谷昌光　湖底の城〈呉越春秋〉五
水木しげる　コミック昭和史1〈関東大震災～満州事変〉
水木しげる　コミック昭和史2〈満州事変～日中全面戦争〉
水木しげる　コミック昭和史3〈日中全面戦争～太平洋戦争開始〉
水木しげる　コミック昭和史4〈太平洋戦争前半〉
水木しげる　コミック昭和史5〈太平洋戦争後半〉
水木しげる　コミック昭和史6〈終戦から朝鮮戦争〉
水木しげる　コミック昭和史7〈講和から復興〉
水木しげる　コミック昭和史8〈高度成長以降〉
水木しげる　総員玉砕せよ！
水木しげる　敗走記
水木しげる　白い旗
水木しげる　姑《クー》娘《ニャン》
水木しげる　決定版　日本妖怪大全〈妖怪・あの世・神様〉
水木しげる　ほんまにオレはアホやろか
宮脇俊三　古代史紀行
宮脇俊三　平安鎌倉史紀行
宮脇俊三　室町戦国史紀行
宮脇俊三　徳川家康歴史紀行5000キロ
宮部みゆき　ステップファザー・ステップ
宮部みゆき　新装版　震える岩〈霊験お初捕物控〉
宮部みゆき　新装版　天狗風〈霊験お初捕物控〉
宮部みゆき　ＩＣＯ《イコ》―霧の城―(上)(下)
宮部みゆき　ぼんくら(上)(下)
宮部みゆき　新装版　日暮らし(上)(下)
宮部みゆき　おまえさん(上)(下)
宮部みゆき　小暮写眞館(上)(下)
宮子あずさ　看護婦が見つめた人間が死ぬということ
宮子あずさ　看護婦が見つめた人間が病むということ
宮子あずさ　ナースコール
宮本昌孝　夕立太平記
宮本昌孝　影十手活殺帖
宮本昌孝　おねだり女房〈影十手活殺帖〉
宮本昌孝　家康、死す(上)(下)
皆川ゆか　機動戦士ガンダム外伝〈THE BLUE DESTINY〉
皆川ゆか　新機動戦記ガンダムW(ウイング)外伝～右手に鎌を左手に君を～

2017年3月15日現在